Klarant Verlag

Bärbel Muschiol wurde 1986 in Weilheim, Oberbayern, geboren. Glücklich verheiratet lebt und arbeitet sie mit ihrem Mann und ihren zwei Kindern heute noch immer im tiefsten Bayern. Im Genre Erotik und in der Belletristik hat sich die Autorin mittlerweile einen festen Platz in den Bestsellerlisten geschaffen.

Bärbel Muschiol

Kneel and Feel

Cameron und Lilly

Klarant Verlag

Klarant Verlag, www.klarant.de
ISBN: 978-3-95573-938-6
1. Auflage, 2019
Umschlagabbildung: Klarant Verlag unter Verwendung von shutterstock-Bildern.

Printed in the EU.

Besuchen Sie uns im Internet: www.klarant.de

1. Kapitel

Bittersüße Versuchung

Lilly

Hoch konzentriert, versuche ich so wenig Geräusche wie möglich zu machen, während ich den frisch gemixten Cocktail in das leere Cocktailglas vor mir schütte.

Es wäre ja auch zu schade, wenn das Klirren der Eiswürfel die sinnlichen Schreie der Frau übertönte, die gerade in einem der vielen Privaträume des SM-Clubs ausgepeitscht wird.

Nach den vielen, eher leisen Schreien, höre ich jetzt ihre Stimme ganz deutlich, was meiner Erfahrung nach bedeutet, dass ihr Meister dieses Mal ganz besonders fest zugeschlagen hat.

Seufzend beiße ich mir auf die Unterlippe, während ich versuche meine zitternden Finger so ruhig wie möglich zu halten, damit es mir gelingt, eine gleichmäßige Scheibe von der Limette abzuschneiden.

Nicht dass es besonders schlimm wäre, wenn die Limettenscheibe etwas ungleichmäßig wäre – aber in einem Club voller Peitschen schwingender Doms und Master ist man doch stets um Perfektion bemüht....

Nachdem ich den Cocktail garniert und alle Zutaten wieder aufgeräumt habe, atme ich ein letztes Mal tief durch, ehe ich mich zu Lucifer umdrehe um ihm seine Bestellung zu servieren.

„Ihr Drink, Sir."

Ganz brav, so wie es auch in meinem Arbeitsvertrag geregelt ist, halte ich den Kopf nach unten geneigt und senke meinen Blick.

Zwar unterscheidet sich meine Anwesenheit in sehr vielen Punkten zu der der anderen Frauen, denn ich bin nicht zu meinem Vergnügen hier, falls man es so nennen kann, ausgepeitscht zu werden. Sondern meine Anwesenheit ist rein geschäftlicher Natur.

Die Bar des Clubs ist mein Aufgabengebiet.

Vor knapp zwölf Wochen habe ich mit meinem ersten Arbeitstag im ‚Black Palace' das erste Mal einen Schritt in die Welt des SM gewagt, und was soll ich sagen? Trotz meiner persönlichen Unerfahrenheit in diesem Bereich fasziniert es mich jede Nacht aufs Neue, die Clubmitglieder dabei zu beobachten.

Das Spiel aus Dominanz und Unterwerfung ist mit so vielen verschiedenen Emotionen behaftet, dass ich es einfach nicht schaffe, der ganzen Sache neutral gegenüberzustehen.

Der Geruch von Leder, Sex und Zitrone erfüllt die Luft. Das heisere Stöhnen der Frauen wird in unregelmäßigen Abständen von lauten Schreien unterbrochen.

Lucifer, einer der Doms des ‚Black Palace' steht an der Bar und lässt seinen undurchdringlichen Blick über meine eher spärliche Arbeitskleidung gleiten.

Wie immer, wenn er mich mit seiner Aufmerksamkeit in Verlegenheit bringt, kommt mir der ziemlich knappe Lederminirock, den ich jede Nacht trage, gute zehn Zentimeter kürzer vor, als er es eigentlich ist. Die violette Korsage, die sich eng an meine Brüste schmiegt, lässt einen dünnen Streifen meiner nackten Haut frei, so dass jeder der anwesenden Männer einen guten Blick auf mein glitzerndes Bauchnabelpiercing erhaschen kann.

„Sieh mich an, Lilly!"

Autoritär und dunkel streicht seine Stimme über meine angespannten Nerven.

Zwar versuche ich die ambivalenten Gefühle, die die Schmerzensschreie der Frau in mir auslösen, so gut es geht zu verstecken, doch das gelingt mir anscheinend nicht so besonders gut.

Aber was erwarte ich auch?

Lucifer ist ein Dom, ein Meister der Schmerzen, ihm etwas vorzumachen, ist so gut wie unmöglich!

Es braucht nur einen seiner intensiven Blicke und er entblättert meine Emotionen wie die Blüten einer Rose.

Unter der Eindringlichkeit seines Blickes fühle ich mich jedes Mal wieder entblößt und schutzlos. Doch zu meinem großen Erstaunen fühlt es sich nicht unangenehm an – ganz im Gegenteil.

Seit ich Lucifer das erste Mal gesehen habe, weiß ich, dass es eine unausweichliche Tatsache ist, dass ich früher oder später ihm gehören werde.

Nervös presse ich meine Lippen aufeinander, atme ein paar Mal tief durch und sehe ihn an.

Wie jedes Mal, wenn ich mir das Vergnügen gönne, meine Augen über Lucifers Körper gleiten zu lassen, bin ich wieder von seinem Erscheinungsbild beeindruckt.

Er ist groß, ich schätze ihn auf knapp zwei Meter. Wie immer, wenn ich ihn sehe, trägt er ein schwarzes Hemd, an dem die beiden oberen Knöpfe offenstehen.

Die schwarze Anzughose, die so lässig auf seiner schmalen Hüfte sitzt, betont nur noch mehr seine muskulöse Statur.

Alles an diesem Mann strahlt pure Kraft und Überlegenheit aus. Selbst hier im ‚Black Palace' sticht er zwischen all den anderen anwesenden Doms deutlich hervor.
Jeder dieser Master wirkt bedrohlich, autoritär und dominant - doch Lucifer ist der König all dieser Männer.
Er ist der Dämon, der mich in jedem meiner verdammten Träume immer und immer wieder kommen lässt.
Sobald er das ‚Black Palace' betritt, beginnt die Luft zu surren.
Arrogant und selbstsicher stellt er alle anderen anwesenden Herren in seinen Schatten.
Er ist der Alpha, und ich bin seine Beute...
Seine quecksilbernen Augen wirken, als würden sie glühen. Die geraden Augenbrauen, seine aristokratische Nase in Verbindung mit seinen vollen Lippen – meine Hormone drehen völlig durch!
Es ist, als wüssten meine Urinstinkte ganz genau, dass er der Kerl aller Kerle ist.
Sein rabenschwarzes Haar und die letzten schwarzen Schlingen seines Tattoos, die über seinem Hemdkragen herausschauen, machen ihn zum Abbild des Teufels.
Seit ich ihn das erste Mal gesehen habe, hat es mich keine Sekunde lang gewundert, dass ihn alle nur Lucifer nennen.
Dieser Mann strahlt eine exquisite Mischung aus Sexualität und Gefahr aus, und ich weiß jetzt schon, dass ich früher oder später seiner Anziehungskraft erliegen werde.
Doch wenn es erst einmal soweit ist, werde ich mich seiner Macht nie wieder entziehen können – wenn ich mich ihm jemals hingeben werde – dann wird es mein Untergang sein. Dieser Mann wird mich brechen, besitzen und verschlingen...
Nachdem ich sein Erscheinungsbild gründlich in mich aufgesaugt habe, nehme ich all meinen Mut zusammen, und erwidere seinen eindringlichen Blick.
Wie immer, wenn sich unsere Blicke treffen, setzt mein Herzschlag einen gefährlich langen Moment aus, nur um anschließend zehnfach so schnell weiter zu schlagen. In meinem Magen beginnen sich sämtliche Nervenenden zu verknoten und meine Knie werden ganz wackelig.
Oh verflixt!
Wie macht dieser Mann das nur?
Wie schafft er es, mich mit einem einzigen Blick so durcheinander zu bringen?
Ohne ein weiteres Wort zu sagen, liest er in den Tiefen meiner Augen jede meiner noch so geheimen Sehnsüchte.

Mist – Mist – Mist!

Für einen so erfahrenen Dom wie ihn bin ich ein offenes Buch.

Lucifer weiß ganz genau, was ich empfinde, wovor ich mich fürchte und wonach ich mich so sehr sehne...

Wahrscheinlich weiß er es sogar besser als ich!

Verdammt noch mal, so langsam habe ich wirklich keine Ahnung mehr, was ich will.

Bevor ich hier angefangen habe, hat mich alleine der Gedanke daran, ausgepeitscht oder gar geschlagen zu werden, zu Tode erschreckt...

Doch jetzt? Tja... Jetzt erregen mich die Geräusche des Clubs so sehr, dass ich es mir jede Nacht selbst mache und währenddessen an ein ganz bestimmtes Paar quecksilberfarbener Augen denke...

Was gibt es bitte Erotischeres, als das klatschende Geräusch einer Männerhand, die auf einen nackten, prallen Po trifft?

Nervös schlucke ich meine Aufregung runter, und widerstehe dem Drang, meinen Blick erneut zu senken.

Verdammt noch mal! Ich bin keine der Sklavinnen (Subs) ich bin eine selbstbewusste Frau, die hier rein zufällig an der Bar arbeitet und Cocktails mixt!

„Wann wirst du deine Vorurteile endlich vergessen und dich mir hingeben können, kleine Serva?"

Wie immer, wenn er mich Serva nennt, zieht sich mein Unterleib erwartungsvoll zusammen. Das Wort ist Latein und bedeutet Sklavin.

„Niemals, Lucifer. Ich bin nur aus einem Grund hier, meiner Arbeit."

Lucifer weiß ganz genau, dass ich es will - dass ich ihn will, und dass es nicht mehr lange dauern wird, bis er mich unterwirft.

Seit meinem ersten Abend hinter der Bar hat er es auf mich abgesehen...

Während meiner Arbeitszeit ist es mir selbstverständlich nicht gestattet, mich meinem sexuellen Vergnügen zu widmen. Aber außerhalb meiner Schicht steht es mir frei, alle ‚Annehmlichkeiten' dieses Clubs zu nutzen.

Lucifer ist ein Meister der Peitsche, bis jetzt habe ich ein einziges Mal das Vergnügen gehabt, ihn unbemerkt dabei zu beobachten, während er mit einer seiner vielen Sklavinnen beschäftigt war. Und das, was ich da gesehen habe, hat mich so richtig fasziniert.

Die Präzession, mit der er das Leder auf die Haut der Frau hat treffen lassen, war beeindruckend. Auch ohne mich in den verschiedenen Bereichen des SM auszukennen, weiß ich, dass es jahrelange Erfahrung braucht, um sich diese Fähigkeit aneignen zu können.

Doch in meiner Fantasie hält er keine Peitsche, sondern eine dünne Ledergerte in seiner rechten Hand.

Nervös lecke ich mir über die Unterlippe. Lucifers Augen folgen der Bewegung meiner Zunge.

„Das mag für die heutige Nacht auch zutreffen. Aber es wird nicht mehr lange dauern, da wirst du nur hier sein, um dich mir hinzugeben."

Die Selbstsicherheit, die in seinen Worten mitschwingt, klingt wie pure Arroganz.

„Das sagst du nun schon seit Wochen, und dennoch hat sich dein Wunsch nicht erfüllt!"

Es ist nicht schwer zu erkennen, dass er mich am liebsten packen und mich in einen der vielen Räume schleifen würde. Doch Lucifer beherrscht sich. Seine Wangenmuskeln zucken, sein markanter Kiefer tritt deutlich hervor, während er mich durchdringend mustert.

„Glaube mir, kleine Serva. Es wird geschehen, und wenn es erst einmal soweit ist, wirst du für jedes deiner frechen Widerworte büßen!"

Prompt reagiert mein Körper auf seine Androhung. Das Blut in meinen Adern beginnt zu kochen, meine Lippen prickeln verdächtig, während sich meine Atmung beschleunigt.

Lucifers Mundwinkel verziehen sich siegessicher, er hat es nicht nötig, die so offensichtliche Reaktion meines Körpers zu kommentieren. Ich weiß auch so, dass er Recht hat. Lange werde ich dem Sog, den er auf mich ausübt, nicht mehr widerstehen können.

Mit einem herrischen Nicken gibt er mir zu verstehen, dass ich mich nun wieder um meine Arbeit kümmern kann.

Die kleinen Schweißperlen ignorierend, die sich immer dann in meinem Nacken bilden, wenn Lucifer in meiner Nähe ist, wende ich mich von ihm ab.

Um meine zitternden Finger zu beschäftigen wische ich über die Arbeitsfläche, fülle die bunten Plastikspießchen auf, auf die ich immer die Garnierung stecke und prüfe den Bestand der Eiswürfel. Und während all dieser Arbeitsschritte spüre ich ununterbrochen Lucifers Blick auf meiner Haut.

Zwar fühle ich mich wegen seines, doch sehr intensiven Interesses wirklich geschmeichelt. Doch ich kann nicht verhindern, dass sich mir immer und immer wieder die Frage aufdrängt, warum zur Hölle er es sich in den Kopf gesetzt hat, ausgerechnet mich an eines der Andreaskreuze zu fesseln?

Was habe ich an mir, das seinen Jagdtrieb so sehr reizt?

Dass er ein Jäger ist, das steht definitiv fest. Die Frage ist nur, was passiert, wenn ich meinen Sehnsüchten tatsächlich nachgebe und mich ihm in einer Session unterwerfe?

Ist sein Interesse nur einmalig?

Will er mich benutzen, seine Neugierde stillen und sich dann der nächsten Beute zuwenden?

Oder wäre das der Anfang von etwas Langfristigem?

So wie ich auf diesen Mann reagiere, weiß ich jetzt schon mit ziemlicher Sicherheit, dass ich ihm völlig verfallen werde, sobald ich mich ihm hingegeben habe.

Seit ich hier arbeite, habe ich mich etwas intensiver mit dem Thema BDSM beschäftigt und daher weiß ich, dass eine gute Session eine sehr starke Verbindung zwischen einem Dom und seiner Sub entstehen lässt.

Meine Ängste beziehen sich also nicht nur auf den zu erwartenden körperlichen Schmerz, sondern auch auf die emotionale Bindung, die ich unweigerlich zu ihm aufbauen werde.

Und was dann?

Was, wenn ich wirklich seine Serva, wie er es nennt, werden möchte?

Wie soll ich hier weiterhin arbeiten und so tun, als wäre nichts zwischen uns?

Davon ganz abgesehen, werde ich diesen Mann niemals exklusiv nur für mich besitzen.

In all der Zeit, die ich ihn nun schon von der Bar aus beobachte, habe ich einen ziemlich guten Eindruck von seinem Frauenverschleiß bekommen können – und der ist wirklich beachtlich!

Also völlig egal wie ich es drehe und wende, ich gehe immer ein ziemliches Risiko ein.

Wenn ich mich gegen ihn entscheide, werde ich weiterhin hier stehen, ihn mit meinen Blicken möglichst unauffällig beobachten und jede Frau, die die Nacht mir ihm verbringen darf, hassen und beneiden.

Keine wirklich schöne Aussicht...

Nehmen wir mal an, ich bin ein tapferes Mädchen, nehme all meinen Mut zusammen, und lasse mich von ihm peitschen, ficken und fesseln – nur nicht unbedingt in dieser Reihenfolge - wie geht es dann weiter?

Innerlich völlig durcheinander, kümmere ich mich um die eingehenden Bestellungen und lasse mir nichts von meinem inneren Zwiespalt anmerken.

Eines habe ich gleich zu Beginn, als ich hier angefangen habe, gelernt.

All diese Doms und Master sind wie Raubtiere, sie wittern deine Neugierde und deine Angst, sie werden wie magisch davon angezogen

und es kann verdammt nervenaufreibend sein, all diese Jäger wieder abzuwehren.
Lucifer ist das beste Beispiel dafür, denn bei ihm ist es mir nicht gelungen, ihn los zu werden, sein Interesse ist geblieben, stetig gewachsen und hat mich nun soweit gebracht, dass ich ernsthaft darüber nachdenke, für eine Nacht in die Rolle der Serva zu schlüpfen...
Und wie jede Nacht wird mit jeder weiteren Stunde, die wir der Morgendämmerung näherkommen, der Barbetrieb weniger.
Endlich wieder etwas entspannter, lasse ich meinen Blick über die anwesenden Clubbesucher schweifen.
Die Zeiten, in denen ich mich noch über halb nackte Frauenkörper, gefesselte Hände oder lederne Halsbänder gewundert habe, sind längst vorbei....
In der Sekunde, in der ich meinen Blick abwenden will, um die Bar für den nächsten Tag vorzubereiten, sehe ich im Augenwinkel, wie Lucifer mit einer wunderschönen, splitterfasernackten Blondine in einem der Räume verschwindet. Hilflos muss ich dabei zusehen, wie der Mann, den ich unbedingt für mich will, seine Aufmerksamkeit einer anderen Frau schenkt.
Ich weiß jetzt schon, dass es Stunden dauern wird, bis er mit ihr fertig sein wird, und trotz der roten Striemen, die später ihre makellose Haut zieren werden, wird sie das entrückte Lächeln einer zutiefst befriedigten Frau auf den Lippen tragen...
Dieser verfluchte Mistkerl! Er weiß ganz genau, was er mir damit antut, denn sein letzter Blick, bevor er die Türe hinter sich schließt, gilt mir ...

Lucifer

Wie jede Nacht frage ich mich, wie lange es wohl noch dauern wird, bis sich Lilly endlich eingesteht, dass sie durch und durch devot ist.
Seit ich sie das erste Mal hinter der Bar des ‚Black Palace' gesehen habe begehre ich sie.
Dieser kleinen, verdammt widerspenstigen Frau ist es gelungen, mich nur durch ihre Anwesenheit völlig durchdrehen zu lassen.
Es spielt keine Rolle, wie hart ich eine andere Frau ficke, oder wie laut ich sie zum Schreien bringe. Keine der Sklavinnen hat es geschafft, mich von Lilly abzulenken.

Wenn das so weitergeht, verliere ich noch meine Kontrolle und überschreite die klare Grenze, die ich mir gesetzt habe. Bis jetzt ist es mir immer gelungen, meine Sehnsüchte unter Kontrolle zu halten.

Doch wenn das so weitergeht, weiß ich nicht wie lange ich es noch schaffe, mich zu beherrschen.

Wie vielen anderen Doms bietet mir SM eine gute Möglichkeit, meine etwas heftigeren Neigungen auszuleben

Doch auch hier im SM-Club gibt es Grenzen, Grenzen, die die Unversehrtheit und die Gesundheit der Frauen gewährleisten sollen.

Holy Fuck! In der vergangenen Nacht habe ich Mona, eine meiner bevorzugten Frauen, so hart ausgepeitscht, dass ich sie nun für mindestens eine Woche schonen muss.

Und warum das alles?

Weil sich die Frau, die ich in Wirklichkeit unbedingt besitzen, ficken und unterwerfen will, standhaft weigert.

Fluchend wende ich meinen Blick von Lilly ab und beschließe, es diese Nacht mit Laura zu versuchen. Im Gegensatz zu den meisten anderen Frauen, die sich hier im Club tummeln, kann es für Laura gar nicht hart genug zur Sache gehen...

Und wer weiß? Vielleicht gelingt es ja ihr, mich Lilly für ein paar kostbare Stunden vergessen zu lassen!

2. Kapitel

Hilflose Beute

Lilly

Mit mir selber unzufrieden, ziehe ich meine Wohnungstüre hinter mir zu und mache mich auf den Weg zur Arbeit.

Der Verkehr auf den überfüllten Straßen ist zäh und kostet mich meine letzten Nerven.

Als es mir dann doch endlich gelungen ist, um 18:15 Uhr auf dem Personalparkplatz des ‚Black Palaces' anzukommen, bin ich tatsächlich eine Viertelstunde zu spät.

Verdammte Scheiße!

Seit ich heute Morgen aufgewacht bin, schweißgebadet und mit meinen Fingern im Slip, stehe ich völlig neben der Spur.

Dieser verfluchte Mistkerl hat mich schon so aus der Bahn geworfen, dass ich im Traum masturbiere! Geht es eigentlich noch?

Wo zum Teufel ist meine verdammte Selbstbeherrschung hin?

Und trotz der Tatsache, dass ich mir heute Morgen einen erlösenden Höhepunkt geschenkt habe, fühle ich mich den ganzen Tag schon alles andere als ausgeglichen und entspannt. Meine Haut fühlt sich so an, als würde sie glühen, zwischen meinen Schenkeln pocht es dumpf und meine Nippel sind so unfassbar sensibel, dass selbst die leichte Reibung des BHs beinahe zu viel ist.

Unsicher, wie ich die nächsten Stunden durchstehen soll, lasse ich meinen Kopf gegen das Lenkrad meines kleinen, quietschgelben Renault Twingos sinken und atme tief durch.

Alleine das Wissen, dass ich Lucifer wiedersehen werde, lässt meinen Puls in eine ungesund hohe Frequenz schnellen.

Und nicht zum ersten Mal frage ich mich, was dieser Mann nur an sich hat, dass er mich so magisch anzieht?

Seine Dominanz kann es nicht sein, immerhin ist das ‚Black Palace' voller Doms.

Also was ist es dann? Sein kraftvoller Körper?

Seine geheimnisvolle Ausstrahlung oder die Kombination aus allem?

Falls ich mich jemals dazu durchringen kann, für eine Nacht in die Rolle der Sklavin zu schlüpfen, dann brauche ich einen Mann an meiner Seite, den ich wirklich Respekt einflößend finde.

Denn wie um alles in der Welt soll ich bitte ernst bleiben, wenn ich mich beinahe totlachen muss?
Mein wirrer Verstand beschwört ein Bild meines untersetzten, ziemlich moppeligen und sehr unattraktiven Postboten hervor.
Alleine die Vorstellung, dass er mit einer Gerte in der Hand vor mir steht, beschert mir einen Lachflash.
Sei es wie es will, aber wenn der Mann, dem ich mich anvertraue, nicht das gewisse Etwas hat - nicht überlegen und kraftvoll ist, kann ich das alles sowieso nicht.

Vielleicht sollte ich meine Bedenken einfach ignorieren und Lucifers Angebot annehmen.
Dann wüsste ich zumindest, wie es sich anfühlt, anstatt mir ununterbrochen vorzustellen, wie es wohl sein könnte, wenn ich möglicherweise mutig genug wäre.
Dieses ewige hätte – könnte – würde – wenn – falls... nervt mich nämlich langsam wirklich sehr.
Bis jetzt habe ich mich immer für eine Frau gehalten, die ganz genau weiß, was sie will, doch dank Lucifer bin ich nun völlig verwirrt!
Dieser Mann ist schuld daran, dass ich mit heftigsten Kopfschmerzen und einer dauerfeuchten Muschi in meinem Auto sitze und darüber nachdenke, wie es sich wohl anfühlen würde, von ihm dominiert zu werden!
Mist! Ich bin eh schon gute fünfzehn Minuten zu spät, ich kann es mir nun wirklich nicht leisten, jetzt auch noch ewig in meinem Auto zu sitzen.
Vielleicht sollte ich einfach wieder heimfahren und mich für heute krank melden?
Oder mir gleich einen neuen Job suchen?
Irgendetwas, wo ich nicht dabei zuhören muss, wie Frauen mit Gerten, Floggern, Paddeln und Peitschen verwöhnt werden.
Gerade als ich mich dazu entschließe, tatsächlich wieder nach Hause zu fahren, höre ich, wie jemand fest gegen die Seitenscheibe meines Autos klopft.
Erschrocken zucke ich zurück und drücke hektisch auf das Türschloss, damit sich alle Türen verriegeln.
Gott – bin ich ein Angsthase!
Erst jetzt, wo ich mich sicher fühle, riskiere ich durch die Seitenscheibe einen Blick nach draußen. Als ich das Gesicht meines Chefs erkenne, atme ich erleichtert aus.

Das war es dann wohl mit meiner genialen Idee, für heute krank zu machen.

Ich weiß zwar nicht wirklich, womit oder mit wem ich gerechnet habe, aber sicher ist nun mal sicher. Das Letzte was ich jetzt gebrauchen kann ist, dass mir irgend so ein Psycho an die Wäsche will...

Cameron, mein Chef, weicht einen Schritt zurück, als ich die Türe öffne und aussteige.

„Hey Mäuschen", ich weiß auch nicht warum er mich seit dem ersten Tag so nennt, aber ich habe mich daran gewöhnt. „Ist alles ok bei dir?"

Irgendwie völlig kraftlos, lehne ich mich an mein Auto an und sehe zu Cameron hoch. Mein Chef ist ebenfalls ein ziemlich großer Mann, auch wenn er mit Lucifers Körpergröße nicht ganz mithalten kann, besitzt er doch ein sehr respekteinflößendes Erscheinungsbild - vor allem jetzt, wo er mich mit einem sehr eindringlichen Blick abcheckt.

Selbst wenn ich jetzt lapidar mit einem Standard „ja" antworte, weiß ich intuitiv, dass ich bei Cameron nicht weit damit kommen werde. Wie bei allen guten Doms, macht es keinen wirklichen Sinn ihn anzulügen, denn Cameron ist ein Mann, der nach einem gründlichen Blick ganz genau weiß, wie es dir in Wirklichkeit geht!

Unsicher lächle ich ihn an und versuche damit den strengen Ausdruck auf seinem Gesicht zu verscheuchen.

„Keine Ahnung, irgendwie fühle ich mich heute schrecklich schlapp und ich habe furchtbare Kopfschmerzen."

Cameron legt seinen Kopf schief, sieht mir durchdringend in die Augen und nickt nur kurz.

„Komm mit, Mäuschen, deine Schicht soll jemand anderes übernehmen, du bleibst vorsichtshalber in meiner Nähe, bis du dich besser fühlst."

Jeder meines vorherigen Chefs, und dabei ist es völlig egal, wo ich gearbeitet habe, wäre wütend oder gar aufgebracht gewesen - oder hätte mich einfach nach Hause geschickt, aber nicht so Cameron.

Er kümmert sich um sein Personal ganz genauso gut wie um seine Clubmitglieder. Davon abgesehen habe ich das Gefühl, dass er mich mag – und das etwas mehr als nur ein kleines bisschen.

Tief in meinem Inneren spüre ich, dass Camerons Interesse an mir weit mehr als nur geschäftlicher Natur ist.

So wie ich das sehe, hat er sich bis jetzt nur zurückgehalten, weil ich für ihn arbeite. Aber so wie er sich mir gegenüber in letzter Zeit verhalten hat, weiß ich, dass es nicht mehr lange dauern wird, bis er zum Angriff übergeht...

Ohne auf den üblichen Abstand zu achten, der zwischen einem Chef und seiner Angestellten eigentlich üblich ist, legt er mir seinen Arm um die Hüfte und führt mich über den Parkplatz zum Eingang des ‚Black Palace'.

Soviel zu meinem genialen Plan, schnell und unbemerkt wieder von hier zu verschwinden...

So selbstsicher wie nur irgend möglich, versuche ich die neugierigen Blicke der zwei Securitys, Alexej und Sergej, die vor der Clubtüre Wache halten, zu ignorieren.

Es fällt mir nicht gerade schwer, mir vorzustellen, was sich die beiden gerade denken, immerhin wissen sie ganz genau, dass ich hinter der Bar arbeite.

Camerons Reaktion auf meine Unsicherheit lässt nicht lange auf sich warten. Bestimmend drückt er mich noch etwas fester an seinen muskulösen Körper und wirft den beiden Türstehern einen so vernichtenden Blick zu, dass sie ihre Blicke sofort respektvoll senken.

Anscheinend bin ich nicht die einzige, die Cameron ziemlich Respekt einflößend findet!

Im Club angekommen, dirigiert Cameron mich nach rechts und führt mich direkt in sein riesiges Büro. Bis jetzt hatte ich nur einmal kurz die Chance, einen Blick hinein zu werfen. Doch jetzt, wo ich direkt in dem Raum stehe, fällt mir erst auf, wie nobel es eingerichtet ist...

Also eines muss ich meinem Chef lassen, Geschmack hat er!

Neugierig lasse ich meinen Blick über das unglaublich erotische Bild gleiten, das die komplette Wand hinter seinem Schreibtisch einnimmt.

Die zwei nackten, ineinander verschlungenen Körper verschmelzen geradezu miteinander. Das Gesicht des Mannes ist durch einen schwarzen Schatten verdeckt und somit nur noch schemenhaft zu erkennen. Die Frau hingegen hat der Künstler so gezeichnet, dass ich das Gefühl habe, dass sie mich direkt ansieht - so dass ich mir wie ein Eindringling vorkomme, wie ein Voyeur, der den intimen Akt des Pärchens beobachtet, anstatt nur auf ein Kunstwerk zu sehen.

Es dauert ein paar Atemzüge lang, bis ich es schaffe, meinen Blick von den zwei Liebenden abzuwenden.

Ich war so in das Gemälde vertieft, dass ich gar nicht bemerkt habe, dass mich Cameron mit einem undeutsamen Blick beobachtet hat.

Auch wenn mir durchaus bewusst ist, dass ich nichts Verbotenes getan habe, bemerke ich, wie mein Gesicht vor Scham rot wird.

Die rechte Wand seines Büros besteht aus einer gigantischen Glasscheibe. Doch anders als üblich, befindet sich auf der anderen Seite nicht der freie Himmel, sondern die Privaträume, in denen es in wenigen Stunden sehr heiß hergehen wird.

Ob die Pärchen wissen, dass sie beobachtet werden?

Neugierig sehe ich ihn an. Cameron versteht meine stumme Frage.

„Sie wissen es! Es ist zu ihrer eigenen Sicherheit – oder zumindest für die Sicherheit der Frauen. Ich bin ihre Reißleine, falls eine Session doch mal außer Kontrolle gerät."

Auch wenn seine Erklärung logisch klingt, frage ich mich, wie es sein muss, die Leute dabei zu beobachten, wie sie ihre intimsten Wünsche ausleben ...

Ohne meinen Blick freizugeben, kommt er langsam auf mich zu und stellt sich so nah hinter mich, dass sein heißer Atem über meinen Nacken streift.

Ein leichter Schauer lässt mich erbeben, während ich mir seiner Nähe mehr als deutlich bewusst bin.

Plötzlich ist es mir unmöglich mich zu bewegen, doch das ist nicht das Verrückteste an dieser Situation. Das wirklich Verwirrende ist, dass ich mir nicht einmal sicher bin, ob ich Cameron ausweichen oder mich an ihn anlehnen will...

Erst federleicht, und dann etwas fester, umfasst er mit seinen Händen meine Schultern, ehe er seine Finger an meinen Armen nach unten gleiten lässt.

Seine Bartstoppeln kratzen leicht über meinen Nacken. Cameron muss sich zu mir herunter gebeugt haben, denn sein heißer Atem streift plötzlich die empfindliche Haut hinter meinem rechten Ohr.

Schwer schluckend warte ich gespannt ab, was er als nächstes tun wird.

„Ein New Yorker Künstler hat dieses Bild ursprünglich für eine Londoner Vernissage angefertigt. Doch als ich es gesehen habe, musste ich es einfach besitzen – völlig egal, was es kosten sollte."

Das dunkle Timbre seiner Stimme streicht über meine angespannten Nerven.

Seine Lippen berühren meinen Hals - seine Zähne knabbern kurz an meiner Haut, ehe er mich etwas fester an sich zieht und weiterspricht.

„Es passiert nicht oft im Leben, dass man etwas sieht und es besitzen will, es sogar besitzen muss – aber wenn es soweit ist, sollte man alles, und zwar wirklich alles, in seiner Macht Stehende tun, um seinen Anspruch geltend zu machen!"

Ooohhhhhh....

Irgendwie beschleicht mich die Gewissheit, dass wir längst nicht mehr über das Bild reden - sondern über mich!

Cameron

Das Wichtigste, das ein Mann in seinem Leben besitzen muss, ist Selbstbeherrschung und Disziplin. Und wenn er diese zwei Dinge sein eigen nennen kann, steht ihm die Welt offen! Zumindest dachte ich das, bis sich Lilly auf meine Annonce in der Zeitung gemeldet hat. Denn seit sie hinter der Bar steht, steht das ‚Black Palace' auf dem Kopf.

Die meisten Männer, die sich hier in regelmäßigen Abständen einfinden um mit bereitwilligen Sklavinnen ihre Neigungen auszuleben, haben ein Auge auf sie geworfen.

Lilly hat etwas an sich, das uns dominante Männer regelrecht herausfordert.

Sie ist wie ein saftiges, noch blutendes Steak, das einer Horde Löwen vor die Nase gehalten wird.

Und trotz all meiner disziplinierten Selbstbeherrschung schaffe ich es einfach nicht, mir nicht vorzustellen, wie es wäre, sie mit weit gespreizten Beinen an mein Bett zu fesseln... Ich will sie völlig wehrlos vor mir liegen haben, sie benutzen und ficken.

Bei allen Höllen!

Alleine die Vorstellung, sie über den Knien liegen zu haben, während sie jedes Mal laut schreit, wenn meine Handfläche auf ihren nackten Hintern trifft, lässt mich hart wie Stein werden.

Bis zu diesem Augenblick habe ich mir jegliche Fantasien verboten. Lilly ist meine Angestellte und für gewöhnlich versuche ich einfach alles, um das Geschäftliche nicht mit dem Privaten zu vermischen. Doch dieses Mal sehe ich mich außerstande, mich an meine eisernen Regeln zu halten – dieses Mal ist die Beute einfach viel zu verführerisch, um ihr zu widerstehen.

Lilly ist eine faszinierende junge Frau.

Sie hat ein freches Mundwerk, ist widerspenstig und hat das gewisse Funkeln in den Augen. Sie ist die Art von Frau, die jedem Dom eine juckende Handfläche beschert.

Ich für meinen Teil bevorzuge die widerspenstigen Geliebten, die unbändigen, mit dem Wesen einer Wildkatze.

Frauen, die zu unsicher sind um ihren eigenen Kopf zu haben, sind langweilige kleine Schafe, die ich verdammt schnell überdrüssig werde.

Doch bei Lilly? *Fuck!* Sie wird dem Mann, der das große Glück hat, sie besitzen zu dürfen, genug Gründe liefern, um ihr immer und immer wieder verzweifelte Schreie entlocken zu können.

Reglos steht sie vor mir, ihr köstlicher Geruch kitzelt mich in der Nase, steigt mir wie ein guter Whisky zu Kopf.

Das hier ist die Gelegenheit, auf die ich so lange gewartet habe.

Ich bin nicht blind, mir ist durchaus aufgefallen, dass Dugan Moreland alias Lucifer jede Nacht aufs Neue versucht, sie für sich zu gewinnen.

Und ich bin mir zu 100% sicher, dass er auch der Grund ist, warum Lilly in letzter Zeit so durcheinander ist.

Doch Dugan ist ein verdammt gefährlicher Mann, er begnügt sich nicht nur damit ein wenig zu fesseln und zu peitschen. Dugan hat sehr spezielle Sehnsüchte – Sehnsüchte, die nicht jede Frau ohne bleibenden Schaden übersteht.

Hier im ‚Black Palace' sind wir auf jegliche Wünsche unserer Gäste vorbereitet. Lilly hat bisher keine Ahnung, dass es noch einen sehr privaten Kellerbereich gibt. Bis jetzt habe ich es nicht für nötig gehalten, sie darüber aufzuklären, doch wenn sie sich weiterhin für Lucifer interessiert, wird sie schneller als ihr lieb ist in einem der Kerker sitzen...

In den Anblick des Gemäldes versunken, scheint Lilly ihre Umgebung völlig vergessen zu haben. Nicht in der Lage, mich auch nur eine Sekunde länger von ihr fernzuhalten, überwinde ich den Abstand zwischen uns, inhaliere die süßen Aromen ihres Parfüms und gehe gedanklich meine weitere Vorgehensweise durch.

Der heutige Abend hat mir perfekt in die Hände gespielt. Lilly ist hier bei mir – allein. Für die Bar werde ich jemand anderen einteilen, so dass es keinen Grund für sie gibt, innerhalb der nächsten Stunden aus meiner Reichweite zu verschwinden.

Jetzt liegt es nur noch an mir, wie ich diesen Vorteil dazu nutzen kann, sie für mich zu gewinnen.

Das Einfangen und Zähmen einer Wildkatze ist immer eine komplizierte Angelegenheit, doch das Ergebnis ist jede Mühe wert!

3. Kapitel

Die Zähmung der Wildkatze

Lilly

Nervös bleibe ich stehen und warte darauf, was als nächstes passiert.

Dank des Adrenalins, das urplötzlich durch meine Adern rauscht, haben sich meine Kopfschmerzen in Luft aufgelöst.

Unsicher, wie ich die neue Entwicklung zwischen Cameron und mir finden soll, drehe ich mich zu ihm um. Was im Nachhinein vielleicht doch nicht die klügste meiner Ideen gewesen ist, denn jetzt berührt meine Nasenspitze fast seinen Brustkorb...

Sein herber, maskuliner Geruch steigt mir in die Nase und benebelt meine eh schon verrücktspielenden Sinne.

Oh verflixt, er riecht aber auch zu gut!

Schwer schluckend lecke ich mir über die Unterlippe und versuche mir fieberhaft alle Gründe in Erinnerung zu rufen, aus denen es nicht so besonders klug ist, seinen

Dom-Chef zu knutschen.

Zu meinem Leidwesen will mir spontan leider keiner einfallen!

Ich bin verloren....

Nur naive Blödchen küssen ihren Chef, und ich bin verdammt noch mal kein naives Blödchen.

Aber warum zum Teufel kann ich mich dann jetzt seiner Anziehungskraft nicht widersetzen?

Die Zeit scheint still zu stehen, mein Herz setzt aus und mein Verstand geht offline.

Eine innere Stimme versucht mich noch zu retten, doch sie kommt zu spät.

Ehe ich überhaupt begreife, was hier gerade geschieht, spüre ich Camerons rechte Hand auf meinem Rücken, mit seiner Linken umfasst er mein Gesicht und sieht mir dabei tief in die Augen.

Das intensive Gewitterblau seiner Augen hypnotisiert mich, so dass ich nicht die Kraft aufbringen kann, mich ihm zu widersetzen.

Was für eine schlechte Ausrede!

Du willst doch nur endlich mal wieder geküsst und berührt werden!

Mein viel zu ehrliches Unterbewusstsein ignorierend, genieße ich das Gefühl seiner festen Lippen auf den meinen.

Oh mein Gott fühlt sich das gut an...

Mein letzter Kuss ist so lange her, dass ich mich gar nicht mehr richtig an ihn erinnern kann.
Sanft und zugleich bestimmend öffnet er mit seiner Zunge meine Lippen und erobert meinen Mund. Unfähig das leise Wimmern, das in meiner Kehle aufsteigt, zu ignorieren, erwidere ich erst zögerlich und dann immer fordernder seinen Kuss.
Suchende Zungen – verschmelzende Lippen – bittersüße Sehnsucht....
Verzweifelt nach Halt suchend, schlinge ich ihm meine Arme um den Nacken und vergrabe meine Finger in seinen Haaren.
Der Kuss ist berauschend. Ich habe völlig vergessen, wie unfassbar schön es ist, ausgiebig und mit Leidenschaft geküsst zu werden!
Immer hungriger duelliere ich mich mit seiner Zunge, mal kämpfen wir gegeneinander - mal liebkosen wir uns.
Dieser Kuss ist nicht sanft und unschuldig. Er ist wie Feuer, heiß, allumfassend und verschlingend.
Die Finger seiner linken Hand geben mein Gesicht frei, streifen forschend über meine Wirbelsäule und schlingen sich besitzergreifend um meinen Nacken.
Mit jedem weiteren Atemzug wird Cameron dominanter. Jetzt wo er weiß, dass ich nicht die Kraft habe, ihm zu widerstehen, wird er mit jedem Zungenschlag fordernder.
Wenn ich das nicht bald beende, wird es nicht mehr lange dauern, bis ich nackt mit gespreizten Beinen unter ihm liege...
Was für ein schreckliches Durcheinander!
Erst träume ich seit Wochen von Lucifer und jetzt stehe ich in den Armen meines Chefs in dessen Büro und bin kurz davor mich ihm hinzugeben.
Wenn mich jetzt einer fragen würde, wie es soweit kommen konnte, ich hätte keine Antwort auf seine Frage.
Suchend streichen seine Hände über die Rundungen meines Körpers. Legen sich auf meinen Po, streichen über meine Brüste - liebkosen meine Sinne.
Ich muss das sofort beenden!
Doch das ist leichter gedacht als getan, immerhin ist mein Chef ein begnadeter Küsser. Und es fühlt sich schon wirklich verdammt gut an, mal wieder in den starken Armen eines Mannes zu liegen!

Ich muss doch wirklich total verrückt sein?!
Erst mache ich mir Sorgen darüber, wie ich hier weiter arbeiten soll, wenn ich mit einem der Clubmitglieder schlafe und jetzt? Jetzt schiebe ich meine Zunge in den Mund meines Chefs ..

Das habe ich ja wirklich ganz toll hinbekommen... große Klasse, Lilly... wirklich ganz großes Kino!
Doch warum sollte ich jetzt aufhören und mir dieses unschuldige Vergnügen versagen?
Wie heißt das Sprichwort noch mal...
Jetzt ist der Drops schon gelutscht - oder wie in meinem besonderen Fall - die Zunge meines Chefs.
Also, selbst wenn ich diesen Kuss auf der Stelle beende, wird danach trotzdem diese peinliche Stille entstehen, in der keiner von uns weiß, was er sagen oder wie er sich dem anderen gegenüber ab jetzt verhalten soll.
Aber was soll ich jetzt mit Lucifer machen?
Im Grunde genommen hat ja das eine mit dem anderen gar nichts zu tun.
Seit ich hier arbeite, habe ich ihn mit so vielen andern Frauen gesehen, dass es völlig egal ist, was jetzt zwischen Cameron und mir passiert – es spielt keine Rolle und hat mit meinen Träumen, in denen Lucifer die Hauptrolle spielt, rein gar nichts zu tun!

Meine Erregung steigert sich von Minute zu Minute – genau wie die Intensität unseres Kusses.
Mit geschickten Fingern löst Cameron die Verschnürung meiner Korsage, umfasst mit seiner großen Handfläche meine Brust und streicht mit der Daumenkuppe über meinen angeschwollenen Nippel. Seufzend löse ich meine Lippen von den seinen, sauge frischen Atem in meine Lungenflügel und genieße das angenehme Prickeln, das sich zwischen meinen Schenkeln ausbreitet.
Fordernd schiebt er seine andere Hand unter meinen kurzen Ledermini, streicht über die dünne Spitze meines Strings und berührt meine Schamlippen...
Oh mein Gott!
Mein Körper reagiert mit purer Lust, schickt einen erneuten Schwall Nässe in Richtung seiner Finger und summt erregt vor sich hin.
Wie um alles in der Welt soll ich einem Mann widerstehen, der anscheinend ganz genau weiß, wonach ich mich so sehr verzehre?
Stöhnend presse ich mich seinen Fingern entgegen. Cameron gleitet unter meinen Slip, massiert meinen Kitzler und entlockt mir ein weiteres, etwas lauteres Keuchen.
„Lass dich fallen, meine Süße, ich fange dich auf."
Camerons eindringlicher Blick ruht auf meinem Gesicht, seine Augen sind dunkel, beinahe schwarz.

Er sieht aus wie der Inbegriff von Dominanz und Kraft.

Kraftlos sinke ich an seine Brust, inhaliere seinen Geruch und genieße das Gefühl seiner in mich eindringenden Finger.

Mühelos hebt er mich hoch, trägt mich zu der verspiegelten Fensterscheibe und stellt mich wieder ab. Automatisch lege ich meine Finger an das kalte Glas und lasse meinen Blick über die verschiedenen Instrumente gleiten, mit denen jeder der kleinen Räume ausgestattet ist.

Das große, hölzerne Andreaskreuz fesselt meine Aufmerksamkeit an sich. Die Ledermanschetten, die nur darauf warten, eine Frau an sich zu ketten, lassen mich erschaudern. An einem Wandregal hängen verschiedene Peitschen, unterschiedliche Gerten und Flogger.

Eine der Gerten fasziniert mich besonders. Sie ist aus schwarzem, geflochtenen Leder.

So eine will ich auch....

Auf einem kleinen Sideboard steht ein Tablett voller unterschiedlich weit abgebrannten Kerzen. Der burgunderrote Teppich bildet einen starken Kontrast zu den elfenbeinfarbenen Wänden. Jeder der Räume ist individuell eingerichtet – und bietet mit verschiedenen Betten, Kreuzen oder sogar Hängevorrichtungen, eine andere Grundlage für die vielen verschiedenen Fantasien der Clubgäste des ‚Black Palace'.

Wie es sich wohl anfühlen muss in einem der Räume verwöhnt zu werden?

Wie es wohl ist, Lucifer hilflos ausgeliefert zu sein, während Cameron hinter der Scheibe steht und uns beobachtet?

Meine abschweifenden Gedanken werden von einem festen Schlag auf meinem Po unterbrochen... autsch...

„Es freut mich, dass dich die Räume und die Utensilien so sehr begeistern – es freut mich sogar sehr! Aber jetzt will ich, dass du hier bei mir bist! Physisch als auch psychisch!"

Tief durchatmend nehme ich den leichten Schmerz an, und konzentriere mich nur auf den Mann hinter mir

Cameron umfasst meine Handgelenke, presst mich näher an das kalte Glas und zieht meinen Rock nach unten.

Jetzt stehe ich mit weit gespreizten Beinen vor ihm, und kann es kaum erwarten von ihm genommen zu werden.

Wow... wer hätte gedacht, dass dieser Abend so eine überraschende Entwicklung bekommt?

Ich spüre seine Wärme an meinem Rücken, langsam legt er seine Hände neben meinem Kopf an die Scheibe und mich so zwischen seinem heißen Körper und dem kalten Glas gefangen.

„Jetzt bist du mir schutzlos ausgeliefert! Niemand weiß wo du bist! Und selbst wenn du laut schreist, wird dir keiner helfen, schließlich sind im ‚Black Palace' die Schmerzensschreie von Frauen nichts Besonderes!"

Sein heißer Atem streift über meinen Nacken, während mich seine Worte erzittern lassen. Ich weiß, dass Cameron mich nur testet, er will mich reizen, mir Angst einflößen und mit mir spielen....

Nicht in der Lage ihm zu widerstehen oder mich ihm gar zu widersetzen, lehne ich mich an ihn, presse meinen Po gegen seinen Schritt und reibe mich leicht an ihm.

Ich spüre, wie sich schlagartig jeder noch so kleine Muskel in seinem Körper anspannt. Sein Oberkörper wird steinhart und aus seiner Kehle steigt ein gefährliches Knurren.

„Und jetzt, wo ich dir so schutzlos ausgeliefert bin – was hast du da mit mir vor?"

Sanft streifen seine Lippen über die empfindliche Haut an meine Kehle, während seine Zähne leicht an meiner Schulter knabbern.

Wimmernd ergebe ich mich dem Ansturm von Emotionen, der meine Nervenbahnen zum Schmelzen bringt. Ein heftiger Schauer durchfährt mich, schärft meine Sinne.

Noch immer reibe ich meinen Hintern an seinem harten Glied, und ich spüre, wie sich sein Schwanz hart und dick gegen meine Rückseite presst.

Ich bin verloren...

„Seit ich dich das erste Mal gesehen habe, kann ich an nichts anderes denken, als daran, dich verdammt hart und ausgiebig zu ficken! Ich will dich nackt und schutzlos, in jedem einzelnen dieser Räume vor mir auf den Knien sehen!"

Die Finger seiner rechten Hand streifen über meine Wirbelsäule, entfernen sich kurz von meinem Körper nur um eine Sekunde später mit einem harten Schlag auf meinem Po zu landen.

Der Schmerz rast durch meine Venen und verwandelt sich in pure Lust.

Camerons Finger graben sich in mein Fleisch, während seine Zähne immer fester in mein Fleisch beißen.

„Und warum hast du damit so lange gewartet?"

Mir ist durchaus bewusst, dass ich mit dem Feuer spiele, doch das stört mich nicht. Jetzt, wo ich schon so weit gegangen bin – will ich alles von ihm, auch seine dunkle Seite!

„Ich dachte wirklich, dass ich es schaffe, dir zu widerstehen! Doch das hat ganz offensichtlich nicht so besonders gut funktioniert."

Seine starken, kräftigen Hände umfassen meine Taille.

„Sieh gut hin, Lilly, es wird nicht mehr lange dauern und dann wirst du an dem Kreuz stehen, und den Biss der Gerte auf deiner Haut spüren."

Was ist nur los mit mir?

Wie kann ich die Aussicht, gefesselt und geschlagen zu werden, nur so erregend finden?

Erneut fährt er mit seinen Fingern durch meinen nassen, pulsierenden Spalt. Gerade als ich hoffe, dass er mit seinen Fingern in mich eindringen wird, hebt er mich hoch und trägt mich quer durch sein Büro.

Cameron ist ein sehr faszinierender Mann. Er ist selbstsicher, bestimmend und auf eine lässige Art arrogant. Er schlüpft nicht nur für ein paar Stunden in die Rolle eines Doms – er ist einer – mit Leib und Seele!

Die Art, wie er sich bewegt, wie er spricht und die Kontrolle über mich übernimmt, turnt mich unheimlich an.

Langsam lässt er mich an seinem harten Körper nach unten gleiten und stellt mich vor der großen, schwarzen Ledercouch, die das komplette hintere Büro einnimmt, ab.

Instinktiv schickt mein Verstand eine Warnung raus, sie hallt leise durch meinen Kopf, ehe sie ungehört verstummt.

Jetzt ist nicht der passende Augenblick für Zweifel...

Mein Chef ist definitiv ein Mann, der genug Kraft und Macht hat, mich zu unterwerfen.

Die Aussicht, mit ihm zu schlafen, übt so eine starke Anziehungskraft auf mich aus, dass ich ihr weder widerstehen kann noch widerstehen will...

Auch auf die Gefahr hin, dass ich mir dank meiner Leichtsinnigkeit einige blaue Flecken einhandle, bin ich mehr als bereit, mich ins Abenteuer zu stürzen.

„Beug dich vor!"

Noch während er mir diese Anweisung gibt, legt er mir seine Hand in den Nacken, und drückt mich nach unten. In dieser Position bin ich ihm hilflos ausgeliefert.

Schlagartig beginnt mein Herz wie wild durch meinen Körper zu donnern, meine Atmung kommt immer flacher und meine Sinne spielen verrückt.

Was er wohl mit mir vor hat?

„Spreiz deine Beine!"

Ich tue was er sagt und die Tatsache, dass ich nur noch in meinem hauchzarten String vor ihm stehe, beruhigt mich keineswegs.

Die Bestimmtheit, die in seiner Stimme mitschwingt, lässt meine Fantasie auf Hochtouren laufen...

Cameron stellt sich direkt neben mich, ich drehe meinen Kopf und beobachte ihn dabei, wie er sich langsam auszieht. Angespannt lässt er seinen Kopf im Nacken kreisen, seine Hände ballen sich zu Fäusten und das erste Mal spüre ich einen Hauch von Angst.

Auch wenn es den Anschein hat als versuche er nur seine Muskulatur zu lockern, weiß ich, dass er sich in Wirklichkeit zu beruhigen versucht.

Unsicher sauge ich frischen Sauerstoff in meine Lunge und beiße mir auf die Unterlippe.

Das nervöse Kribbeln in meinem Bauch sorgt dafür, dass mein Körper einen erneuten Adrenalinstoß losschickt.

Auch wenn ich in dem Bereich des SM völlig unerfahren bin, weiß ich doch, dass er mich mit voller Absicht in dieser hilflosen Position warten lässt.

Er demonstriert mir damit seine Überlegenheit und gibt mir die Zeit, die ich brauche, um mich an das Gefühl der Schutzlosigkeit zu gewöhnen.

„Fuck, Lilly! Du bist die erste Frau, der es gelingt, dass ich meine Kontrolle verliere! Ich kenne dich gerade mal einen Wimpernschlag und dennoch kann ich an nichts anderes denken, als daran, dich immer und immer wieder zu unterwerfen! Ich will dich besitzen, markieren und für mich beanspruchen!“

Leise knurrend spricht er weiter...

„Du bist die erste Frau für die ich sogar die wenigen Regeln breche, an die ich mich sonst immer halte!“

Unsicher schlucke ich die aufkeimende Angst herunter. Es mag ja sein, dass die anderen Frauen, die sich hier im Club herumtreiben, von Cameron beschützt werden, aber wer beschützt mich jetzt vor Cameron?

„Du reizt die Bestie in mir...“

Die Bestie?

Oh verdammt... so langsam bekomme ich wirklich Angst!

Mit zitternden Fingern halte ich mich an der Couch fest. Cameron trägt jetzt nur noch seine dunkle Hose. Die perfekt definierten Muskeln in seinem Oberkörper zeichnen sich nur zu deutlich unter seiner straffen, braunen Haut ab.

Wenn ich raten müsste, würde ich Cameron auf Ende dreißig tippen – an seinem Körper ist nichts Jugendliches. Jeder Zentimeter strotzt nur so vor Kraft und Vitalität.

Wie ein Raubtier, das seine Beute begutachtet, umrundet er mich, streicht mit seinen Fingern über meine Haut, kneift in meinen Po und fährt durch die Strähnen meiner Haare. Es kommt mir fast so vor, als würde er sich mit mir vertraut machen – als würde er sich jedes Detail meines Körpers einprägen. Das erregte Pochen zwischen meinen Schenkeln wird immer stärker. Der dünne Stoff meines Strings ist durchnässt und meine Brustwarzen sind hart und empfindlich.

Wie macht dieser Mann das nur?

Es braucht mich nur zu dominieren und schon zerfließe ich für ihn regelrecht.

Brummend streicht er über meinen Nacken, seine Hände fahren unter meinen String und zerreißen ihn.

Zitternd spüre ich seinen Blick auf den nassen Falten meiner Vagina.

In der Position, in der ich mich gerade befinde, bleibt seinem intensiven Blicken nichts verborgen.

Dieser Mann ist mein Untergang!

Sein langer Zeigefinger streicht durch meine Pofalte, dringt kurz in mich ein und lässt mich sehnsüchtig seufzend zurück.

„Du bist nass und geil! Deine Pussy kann es kaum erwarten, endlich von mir ausgefüllt zu werden!“

Cameron hat Recht, wenn ich ihn nicht bald in mir spüre, verliere ich noch meinen Verstand.

„Du hast so weiße, reine Haut. Ich kann es kaum erwarten, sie zu zeichnen!“

Bei seinen Worten muss ich sofort an die Gerte denken, die unten in einem der Räume hängt. Ob er sie heute schon benutzen wird? Wird es sehr weh tun?

Ich kann nur hoffen, dass ich stark genug bin den Schmerz, den er mir schenkt, zu ertragen!

4. Kapitel

Dominanz und Unterwerfung

Cameron

Lillys instinktive Reaktionen auf meine Berührungen machen es mir nicht gerade leicht, die ganze Sache etwas langsamer anzugehen!

Holy Fuck!

Als ich sie durch die Sicherheitskamera meines Büros dabei beobachtet habe, wie sie in ihrem Auto sitzt, habe ich meine Chance gewittert. Aber ich hätte nie zu hoffen gewagt, sie heute Nacht schon dazuzubekommen, sich mir hinzugeben.

Seit Wochen will ich diese Frau und jetzt wo es endlich soweit ist, ringe ich mit meiner Beherrschung!

Diese Frau ist einfach zu perfekt...

Ihre köstliche Angst, gepaart mit ihrer Hingabe und der Bereitschaft, sich mir auszuliefern, bringt mein Blut zum Kochen.

Am liebsten würde ich sie gleich in einen der vielen Räume führen, die sie vorhin so sehnsüchtig angesehen hat. Doch dafür ist sie noch nicht bereit. Bevor ich damit anfange sie wirklich zu unterwerfen, muss ich mir ihr Vertrauen verdienen.

Denn ohne ihr grenzenloses Vertrauen kann ich die vielen Fantasien, die ich in meinem Kopf habe, nicht mit ihr ausleben.

Wehrlos reckt sie mir ihren Hintern entgegen.

Und ich schaffe es nur mit all meiner Selbstbeherrschung, meinen Blick von ihrer rosafarbenen, feuchten Pussy abzuwenden. Nass und geschwollen wartet ihre Fotze nur darauf, dass ich sie hart ficke.

Doch soweit sind wir noch nicht!

Zwar werde ich heute noch keine Peitsche oder Ähnliches verwenden, dafür ist es noch zu früh. Aber ich werde sie definitiv zum Schreien bringen.

Fuck! Ich will ihr festes Fleisch unter meiner Handfläche spüren, beobachten, wie sich ihre zarte Haut rot färbt und ihre Tränen von den Lippen lecken!

Lilly wird lernen müssen, mit dem Schmerz, den ich ihr schenke, umzugehen. Um es ihr leichter zu machen, lasse ich sie in ihrer Lust ertrinken. Erst wenn sie zutiefst erregt ist, werde ich mich ihren Arschbacken zu wenden...

Langsam lasse ich meinen Finger durch den Spalt ihres Pos, zu ihrer Rosette gleiten. Ich spüre, wie sie sich instinktiv anspannt, ehe sie laut ausatmet und sich wieder entspannt.

Braves Mädchen....

Das nasse Fleisch ihrer Muschi befeuchtet meine Finger, so dass ich ohne Probleme mit meinem Daumen in ihren Po eindringen kann. Keuchend presst sich meine Süße meinem Finger entgegen. Ihre Atmung kommt laut während sie ein heftiger Schauer erzittern lässt.

Langsam beginne ich sie mit meinem Finger zu ficken. Zitternd und stöhnend genießt sie meine Aufmerksamkeit. Fest entschlossen, sie an den Rand des Erträglichen zu bringen, dringe ich zusätzlich mit drei Fingern in ihre Scheide ein.

Zuckend und pumpend umfängt mich ihr enger Körper, als ich bemerke, dass ihre Knie nachgeben. Ich stütze sie, indem ich sie noch fester auf die Couch presse. Ihr wunderschönes Gesicht liegt nun auf dem schwarzen Leder – ihre Lippen sind weit geöffnet, ihre Augen geschlossen.

Sie ist so wahnsinnig eng, dass ich es kaum erwarten kann, endlich in sie einzudringen.

Immer und immer wieder dringe ich mit meinen Fingern in sie ein, beuge mich über ihren Rücken und beiße ihr fest in die Schulter.

Ihr lauter Schrei verwandelt sich in ein hilfloses Stöhnen.

Zuckend ziehen sich ihre Scheideninnenwände um meine Finger zusammen und ich weiß, dass sie jetzt soweit ist!

Jetzt ist zum ersten Mal der Augenblick gekommen, in dem ich sie vor Lust und Schmerzen zum Schreien bringen werde....

Langsam entziehe ich ihr meine Finger, was sie frustriert aufstöhnen lässt, packe mit einer Hand ihre Haare und wickle sie mir um die Faust.

Mit meinen Beinen presse ich die ihren an die Seitenlehne der Couch und sorge so dafür, dass sie mir nicht ausweichen kann.

Ungeduldig lecke ich mir über die Lippen, streiche mit meiner rechten Hand über ihren Hintern und hole zum ersten Schlag aus....

Lilly

Trotz der Tatsache, dass ich kurz davor bin über die Klippe der Lust zu stürzen, spüre ich die Veränderung, die in Cameron vorgeht.

Die Muskeln in seinen Oberschenkeln spannen sich an, seine Finger gleiten aus mir heraus und entlocken mir ein leises Stöhnen... ich war so kurz davor....

Die doppelte Penetrierung durch seine Finger hat mir den Atem geraubt. Es hat sich unverschämt gut angefühlt, ihn in meinem Po und meiner Muschi zu spüren.

Trügerisch sanft streicht er über meine Rückseite, in dem Moment, in dem seine Hand verschwindet, weiß ich, was in der nächsten Sekunde passieren wird.

Doch anstatt mich zu fürchten, sehen ich mich nach dem Schmerz.

Ich will spüren, wie es ist, sich völlig fallen zu lassen - ich will wissen, wie es sich anfühlt, jegliche Empfindung durch seine Hand geschenkt zu bekommen.

Der Hauch von Angst schnürt meine Lunge zu.

In dem Augenblick, in dem seine Handfläche kraftvoll auf meine Haut trifft, zucke ich erschrocken zusammen.

Die starke Agonie, die sich durch meine Nervenbahnen frisst, lässt mich erschrocken zusammenzucken.

Mein Schrei erfüllt die Stille des Büros, vermischt sich mit Camerons tiefem Knurren.

Ich schlucke schwer, lecke mir über die Lippen und atme tief durch.

Nach dem ersten Schreck spüre ich, wie sich der Schmerz mit meiner Lust zu einer exquisiten Mischung vereint.

Erneut warnt mich nur ein leichter Windhauch vor dem nächsten Schlag.

Dieses Mal bin ich gefasster, ich atme mit dem Schmerz ein, lasse ihn auf mich wirken und stöhne laut.

Pure Lust rast durch meine Venen...

Immer und immer wieder platziert Cameron seine Hand kraftvoll auf meinem Po, mal streicht er sanft über die glühende Stelle, und schickt so einen erneuten Schauer über meinen Körper. Mal holt er sofort aus um mir den nächsten Schlag zu verpassen!

Und mit jedem erneuten Hieb versinke ich tiefer in der dunklen Lust – bestehend aus bittersüßem Lustschmerz und dem göttlichen Gefühl der Hilflosigkeit.

Wie in Trance treibe ich von einem Schlag zum nächsten.

Mein Körper glüht und pulsiert vor Lust!

Die verschiedensten Emotionen rasen durch meinen Verstand, ehe sie ihn komplett lahm legen.

Jetzt ist nicht der Augenblick fürs Denken – sondern fürs Fühlen.

Und die Gefühle, die Cameron in mir auslöst, sind so unfassbar intensiv, dass sich zu den Tränen des Schmerzes auch noch Tränen der Lust mischen...

Cameron

Das Brennen in meiner Handfläche lässt meinen Schwanz ungeduldig zucken.

Wenn Lilly schon so auf das Spanking reagiert, wie wird sie dann erst auf den intensiven Biss einer Gerte reagieren. Alleine die Vorstellung, ihren mittlerweile feuerroten Hintern mit den Striemen einer Gerte zu verschönern, lässt mich beinahe kommen!

Holy Fuck!

Bei ihr muss ich mich so darauf konzentrieren sie nicht zu überfordern...

Lilly ist neu in meiner Welt... und es wird mir ein Vergnügen sein, sie in die Geheimnisse des BDSM einzuführen.

Doch bevor es soweit ist, werde ich sie endlich ficken.

Sie war tapfer, ich habe mich mit meinen Schlägen nicht zurückgehalten, doch anstatt sich zu beschweren, hat sie den Schmerz angenommen und sich fallen gelassen.

Jetzt liegt sie weich und mit tränenverschmiertem Makeup unter mir und wartet darauf, dass ich es ihr besorge – und bei Gott! Ganz genau das werde ich jetzt auch tun!

Lilly

Kraftlos spüre ich, wie Cameron mich hochhebt, sanft küsst und auf die Couch legt. Das kalte Leder streicht über meinen glühenden Hintern und kühlt die Hitze etwas ab.

Seine Hand streicht besitzergreifend über meinen Hüftknochen, umkreist meinen Bauchnabel und wandert langsam zwischen meine gespreizten Schenkel.

Aus meinem Mund löst sich ein leises Wimmern, während ich meine Beine langsam immer weiter für ihn spreize.

Camerons Hand berührt meine geschwollenen Schamlippen, seine Finger umkreisen meine empfindliche Perle und zupfen leicht an ihr....

Der Kontrast zwischen den harten Schlägen und den jetzt so federleichten Berührungen löst einen Sturm in mir aus.

Meine Synapsen sprühen Funken - mein Herz stolpert verloren vor sich hin, verzweifelt darum bemüht, seinen Rhythmus wiederzufinden.

Mit seinen Zähnen beißt er mir leicht in die Unterlippe, ehe sein Mund leicht über mein Ohr streicht.

„Ich werde dich nie - nie wieder gehen lassen!"

Knurrend raunt er mir ins Ohr, wie sehr er mich will, und was er in der Zukunft noch alles mit mir anstellen wird.

Alleine die Vorstellung, den Kuss der Peitsche zu spüren, bringt mein Herz erneut zum Stolpern.

Fordernd dringt er mit drei seiner Finger tief in meine Scheide ein, dehnt sie und lässt mich beinahe kommen. Erschöpft presse ich meinen Kopf fest in die Kissen, während ich ihm meine Hüfte entgegenpresse.

Jede seiner gekonnten Berührungen steigert die Welle der Lust, die sich immer höher in mir aufbaut.

Sanft, zärtlich, bittersüß und schmerzlich intensiv erforscht er meine erogenen Zonen.

Jede kleine Falte, jede leichte Wölbung und jeder Zentimeter meiner Haut glüht unter seinen besitzergreifenden Berührungen.

Verloren treibe ich im Treibsand seiner Anziehungskraft....

Es fühlt sich fast so an, als würde er meinen Körper erobern, in Besitz nehmen und mit seinen Zähnen markieren. Cameron hat nicht einfach nur Sex mit mir – er verschlingt mich geradezu.

Ich spüre, wie er mich immer härter anfasst, so als würde ihm langsam aber sicher seine Beherrschung abhandenkommen.

Rau leckt seine Zunge über meine Brustwarzen, saugt sie in seinen Mund und beißt leicht zu. Immer unruhiger rekle ich mich unter ihm, sehne mir jede seiner Berührungen herbei, um immer tiefer in den Strudel unserer Begierde zu geraten.

„Du bist so wunderschön."

Eine gefährliche Besitzgier spiegelt sich in den schwarzen Tiefen seiner geheimnisvollen Augen.

„Ich muss dich endlich ficken, sonst verliere ich den Verstand!"

Selbstsicher erwidere ich seinen eindringlichen Blick, während ich meine Beine immer weiter für in spreize.

„Dann fick mich!"

„Du bringst mich um!"

...sagt der Mann, der meinen Hintern zum Glühen gebracht hat...

Laut brummend kniet er sich zwischen meine gespreizten Schenkel, senkt seinen Blick auf meine weit geöffnete Pussy und dringt mit zwei seiner Finger sehr tief in mich ein.

Heiß und feucht empfängt ihn mein Körper, während meine Atmung stoppt und meine Augenlider zufallen.

„Fuck, Lilly!"

Ungeduldig steht er von der Couch auf und entledigt sich seiner Hose.

Was für ein sexy Anblick....

Das ist das erste Mal, dass ich ihn komplett nackt sehe, und es verschlägt mir die Sprache!
Dieser Mann besteht nur aus Muskeln, unterdrückter Kraft und einem verdammt langen Penis. Ohne seinen Blick von meiner Pussy zu nehmen, umschließt er mit der Faust seinen Schwanz und beginnt ihn zu massieren.
Ich schlucke schwer und lasse meine Finger zu meinen Schamlippen gleiten.
Knurrend kommt er auf mich zu.
„Keine Chance Baby! Deine süße Pussy gehört nur mir!“
Blitzschnell ist er bei mir, packt bestimmend meine Hände, und zieht sie über meinen Kopf.
„Jetzt!“
Animalisch und besitzergreifend unterwirft er mich, während er seinen harten Schwanz unnachgiebig in mich schiebt.
„Sieh mich an!!“
Hilflos öffne ich meine Augen und erwidere seinen Blick.
„Ab jetzt bist du mein Besitz!“
Die Art und Weise wie er diese Wörter ausspricht, lassen mich erschrocken zusammenzucken. Cameron meint es bitter ernst!
Zitternd beiße ich mir auf die Unterlippe, als er mit seinem Daumen hart auf meinen Kitzler drückt.
Sein Gewicht presst mich auf die Couch, während er sich bis zum Anschlag in mir versenkt.
Cameron ist verdammt gut gebaut, und es dauert eine Sekunde bis der Dehnungsschmerz erträglich wird.
„Gott, du bist so eng!“
„Und du bist beinahe zu groß!“
Als er meine raue Stimme hört, blähen sich seine Nasenflügel, während sich sein Blick auf meine Lippen legt.
„Ich bin genau richtig für dich! Ich will, dass es dir weht tut, ich will, dass sich dein Körper dem meinen anpasst und du mich noch tagelang in dir spürst!“
Das nenne ich mal eine Ansage...
Der sanfte Hauch von Angst legt sich um mein Herz...
Der Mann, der mich gerade so mühelos dominiert, entzieht sich mir kurz, nur um noch härter in mich zu stoßen. Mein lauter Schrei vermischt sich mit den klatschenden Geräuschen unserer aufeinandertreffender Körper.
„Schenk dich mir! Akzeptiere es und nimm mich bis zum Anschlag in dir auf!“

Seine Stimme klingt bestimmend und zugleich hat sie einen flehenden Unterton. So als hätte er Angst, dass ich die Flucht ergreife.
Härter und immer schneller rammt er sich in mich, markiert mich, unterwirft mich!
Dieser Sex ist das Wildeste, was ich jemals erlebt habe. Dank seiner Kraft rutsche ich bei jedem Stoß etwas weiter nach oben, so dass mein schmerzender Hintern über das Leder der Couch reibt. Der bittersüße Lustschmerz, seine Wildheit und meine Unterlegenheit lassen mich laut aufschreien.
Oh Gott, ist das gut!
Ich liefere mich ihm aus, spreize meine Beine weiter und komme seinen gnadenlosen Stößen entgegen....

Cameron

Weich, warm und nachgiebig liegt Lilly unter mir.
Ihr Atem kommt schwer, während ich sie immer wieder zum Schreien bringe.
Sie ist einfach perfekt!
Sie verkörpert alles, was ich an einer Frau brauche....
Ihre exquisite Mischung aus Angst und Erregung beruhigt meine inneren Dämonen.
Sie leckt sich über ihre Lippen, und meine Augen folgen hungrig dem Weg ihrer süßen Zunge.
Erneut ramme ich mich tief in sie, spüre, wie sie erzittert und wie sich ihr Körper dem meinen anpasst. Wann immer ich Lilly meine Kraft spüren lassen, sie mit meinen Händen und meinem Gewicht dominiere, beschleunigt sich ihre Atmung, ihre Augen bekommen diesen verschleierten Ausdruck und zwischen ihren Schenkeln wird sie triefend nass.
Auch wenn sie es bis heute noch nicht gewusst hat, aber sie ist durch und durch devot!
Kraftvoll lasse ich sie meinen kompletten Schwanz spüren, während sie heiser meinen Namen schreit
Eine innere Stimme besteht darauf, dass ich sie markieren soll, und ich kann dem Drang, ihr mein Zeichen aufzudrücken, nicht widerstehen.
Ihren Namen auf den Lippen beuge ich mich zu ihr runter, lecke über die seidige Haut an ihrer Kehle, ehe ich meine Zähne in ihr weiches Fleisch grabe und sie hart beiße.

Züngelnd erlöse ich sie von dem Schmerz, während ich mich wieder aufrichte.

Was für ein Anblick!

Willenlos liegt sie unter mir, ihre Brüste wackeln bei jedem Stoß und ihr Stöhnen wird immer tiefer.

Ihre weit gespreizten Beine erlauben mir einen guten Blick auf meinen in sie eindringenden Schwanz.

Kraftvoll vergrabe ich mich bis zur Wurzel in ihr, dehne sie soweit ich kann.

Das verräterische Zucken ihrer Beine und das stetig stärker werdende Pulsieren in ihrem Inneren verraten mir, dass sie kurz davor ist zu kommen.

Ohne sie aus den Augen zu lassen, verpasse ich ihrem Kitzler ein paar harte Schläge.

Laut schreiend bäumt sie sich unter mir auf, krallt ihre Finger in meine Schulter und verliert sich in einem allumfassenden Orgasmus!

Knurrend lasse ich meiner Lust freien Lauf. Mein Kopf fällt in den Nacken während mein lautes Brüllen meinen eigenen Höhepunkt begleitet.

Ihr Körper ist das reine Paradies...

Pumpend schieße ich mein Sperma tief in ihren Körper, ramme meinen Schwanz ein letztes Mal in die feuchten Tiefen ihres Schoßes, ehe ich mich auf sie lege und unter meinem Gewicht vergrabe.

Lilly

Wimmernd versuche ich frischen Atem in meine Lungen zu bekommen. Meine Nerven liegen blank, während mein Po dank Cameron noch immer schmerzt.

Tief in meinem Inneren spüre ich seinen dicken Penis pulsieren, während ich von seinem Körper bedeckt werde.

In meinem Kopf herrscht ein wildes Durcheinander, bestehend aus Gedanken und Emotionen, die nicht wissen, wie sie das gerade eben Erlebte einordnen sollen.

Das war der absolute Wahnsinn!

In meinem ganzen Leben hätte ich mir niemals vorstellen können, dass es so wahnsinnig, mega, fucking geil sein kann, unterworfen zu werden.

Und das war jetzt nur der Anfang...

Ich habe die Szene gerade mal etwas gekostet!

Vor mir liegt noch die ganze große Welt des SM, und sie wartet nur darauf, von mir ausprobiert zu werden!
Eigentlich sollte es mich abschrecken. Aber alleine die Erinnerung daran, wie er mich mit seiner Hand in meinem Nacken dominiert und mich mit der anderen geschlagen hat, lässt mich leise seufzen.
Wow, wie verrückt ist das denn?!
Ich hatte den besten Sex meines Lebens mit meinem Chef!
Und wenn ich seine Worte richtig deute, dann hat er vor, mich zu behalten.
Zwar weiß ich noch nicht wirklich, wie ich mit seiner Besitzgier umgehen soll, aber das bedeutet ja grundsätzlich nicht, dass er mir nicht zukünftig weitere solche Orgasmen bescheren kann....

Cameron dreht sich von mir runter, schlingt seinen Arm um meinen Rücken und zieht mich mit derselben Bewegung auf sich drauf.
Das ist besser, jetzt bekomme ich endlich wieder genug Luft....
Völlig kraftlos und zutiefst befriedigt, schmiege ich mich an ihn und versuche etwas Ordnung in mein Gedankenchaos zu bekommen.
Besitzergreifend legt er seine Hand auf meinen Po und streicht sanft über die noch immer glühende Haut. Die Berührung erweckt den Schmerz erneut zum Leben und ich schnappe nach Luft.
Es ist verrückt, aber ich genieße den Schmerz mit jeder Faser meines Körpers.
Sanft presst er seine Lippen auf meine Stirn, haucht einen zartschmelzenden Kuss auf meine Haut und zieht mich fest in seine Arme.
„Ruh dich etwas aus, bevor ich dich erneut nehme!“
Die Arroganz und die Selbstsicherheit, die in seinen Worten mitschwingt, sollten mich eigentlich verärgern, doch sie tun es nicht, ganz im Gegenteil, es fühlt sich überraschend gut an, dass er über mich bestimmt.
Langsam drehe ich meinen Kopf zu ihm, sehe ihm tief in die Augen und knabbere an seiner Unterlippe. Sofort lässt er seine Hand zwischen meine Schenkel gleiten und streicht über meine Rosette.
Ob er mich das nächste Mal von hinten nimmt?
Bis jetzt hatte ich nur ein Mal Analsex, doch es hat mir gut gefallen. Allerdings weiß ich nicht, wie es sich anfühlt, so einen großen Penis, wie den von Cameron, in meinen Po aufzunehmen.
Ob es schmerzt?
Wahrscheinlich schon! Werde ich den Schmerz genießen? Ganz sicher!

„Hast du etwa noch nicht genug, mein kleines Kätzchen?“
Camerons Mundwinkel zucken amüsiert, als ich seufzend meine Augen schließe.
Bis jetzt ist Cameron ein sehr dominanter, jedoch auch einfühlsamer Liebhaber. Ich bin gespannt, wie weit sich das ändern wird, wenn ich erst mal seine Sklavin bin und er mein Dom ist....

Cameron

Entspannt lasse ich meine Finger durch ihren feuchten Spalt gleiten. Ich spüre, wie mein Sperma aus ihr herausläuft, und streiche ihre Schamlippen damit ein. Langsam und träge massiere ich ihre Pussy mit meinem Saft und genieße die leisen Geräusche, die Lilly dabei von sich gibt.
Ob sie weiß, dass ich sie gerade markiere?
Ob sie kapiert, dass sie ab jetzt zu mir gehört?
Viele der Sklavinnen wechseln unter den Doms, doch davon halte ich nichts!
Wenn ich erst mal damit anfange, Lilly zu erziehen, werde ich sie zugleich an mich binden. Ich werde sie unterwerfen – brechen und so unwiderruflich an mich binden, dass sie sich niemals wieder von mir trennen will.
So eine Bindung erfordert eine Menge Geduld und eine geschickte Hand.
Doch daran soll es nicht scheitern...
Holy Fuck! Wenn es um diese Frau geht, setzt mein normaler Menschenverstand völlig aus. Wenn es um meine Wildkatze geht, scheiße ich auf alle Regeln. Alles was wichtig ist, ist, dass sie lernt, dass sie mir zu gehorchen hat.
Fordernd packe ich mir ihre Haare, ziehe ihren Kopf nach hinten und schiebe ihr meine Zunge in den Mund, während sie dank meiner Finger erneut in den Sphären der Lust versinkt...

Lucifer

In der Sekunde, in der ich das ‚Black Palace' betrete und nicht Lilly, sondern eine andere Frau hinter der Bar sehe, weiß ich, dass hier etwas ganz und gar nicht nach meinen Plänen verläuft.

Dass Lilly hier ist steht fest, immerhin habe ich ihr Auto auf dem Personalparkplatz stehen sehen.
Aber wo zur Hölle steckt sie nur?
Unruhig laufe ich durch die anwesenden Gäste, doch ich kann sie nirgends entdecken.
Fuck – Fuck – Fuck – Fuck!
Vor der Clubtüre angekommen, wende ich mich den zwei russischen Türstehern, Alexej und Sergej zu.
Für gewöhnlich wissen sie über alles Bescheid, was im ‚Black Palace' geschieht.
„Habt ihr Lilly gesehen?"
Alexej nickt nur stumm, er ist kein Mann vieler Worte, er lässt lieber seine Fäuste sprechen. Mein Blick wandert zu Sergej.
„Und hast du sie gesehen?"
„Der Chef hat sie!"
Was zur Hölle....
„Wie meinst du das?"
Ich kann nur hoffen, dass ich mich mit meiner Vorahnung täusche - doch das tue ich eigentlich nie!
„Der Chef hat das Mädchen für sich beansprucht!"
Laut fluchend balle ich meine Hände zu Fäusten. Der Drang auf alles und jeden einzuschlagen wird beinahe übermächtig!
Es ist ein ungeschriebenes Gesetz, dass das Mädchen vom Chef tabu ist!
Wenn sich Cameron für eine der Frauen entscheidet, dann gehört sie ihm.
Und es ist nicht besonders ratsam, sich gegen seinen Willen zu stellen, der letzte Idiot, der es gewagt hat, sich an Camerons Sklavin zu vergreifen, liegt noch immer im Koma, und ich bezweifle stark, das er jemals wieder das Tageslicht erblicken wird.
Ohne auf Alexej`s amüsierten Gesichtsausdruck zu achten, drehe ich mich um und verlasse den Club. Heute ist mir nicht nach Sex und Peitschen – heute werde ich mir eine Strategie zurecht legen, wie ich Lilly aus Camerons Fängen befreien kann.
Lilly gehört zu mir – es liegt an mir sie zu unterwerfen – es liegt an mir sie zu besitzen!

5. Kapitel

Postkoitales Chaos

Lilly

Schwerelos komme ich von dem erneuten Höhepunkt, den mir Camerons geschickte Finger geschenkt haben, wieder zurück in die Realität.

Jeder Zentimeter meines Körpers glüht und prickelt, und trotz der vielen Endorphine, die durch meinen Blutkreislauf schwimmen, kommen mir langsam aber sicher doch Bedenken.

Habe ich einen Fehler gemacht?

War es richtig, mit meinem Chef zu schlafen?

Und was ist mit Lucifer? Wie soll ich ihm jemals wieder in die Augen sehen können?

Natürlich ist mir bewusst, dass Lucifer kein Anrecht auf mich hat, und doch habe ich irgendwie ein schlechtes Gewissen...

Heilige Scheiße!

Warum zur Hölle muss zwischen Männern und Frauen immer alles so verflucht kompliziert sein?

Mein Fluchtinstinkt schaltet sich ein und urplötzlich kann ich es gar nicht erwarten von hier zu verschwinden.

Ich brauche dringend ein wenig Zeit, um den unvorhersehbaren Ablauf dieses Abends zu rekonstruieren und zu analysieren.

Verflixt noch mal!

Muss mein Chef auch so verdammt sexy sein?

Vielleicht hätte ich nicht so lange abstinent sein sollen?

Fest entschlossen, mich in Zukunft etwas mehr um mein Sexualleben zu kümmern, damit so etwas nicht noch einmal passiert, atme ich tief durch.

„In Zukunft werde ich öfters Sex haben!"

„Darauf kannst du deinen süßen Hintern verwetten!"

Oh verdammich, habe ich das gerade wirklich laut gesagt?!

Alleine die Tatsache, dass ich jetzt schon laut ausspreche, was ich denke, verdeutlicht mir, das ich jetzt wirklich von hier verschwinden muss.

Ich lege meine Hand auf seinen breiten Brustkorb und stütze mich darauf auf. So dass ich in eine sitzende Position komme.

„Hör mir zu, Cameron...." Ich schlucke meine Unsicherheit entschlossen runter. „...ich denke, es ist besser, wenn ich jetzt gehe!"
Sein bis eben noch sehr entspannter Gesichtsausdruck friert ein und wird zu einer starren Maske.
„Denkst du das, ja?"
Oh oh...
Habe ich etwas falsch gemacht?
Cameron ist der erste Dom, mit dem ich Sex hatte, ich habe also logischerweise keine Ahnung, wie ich mich ihm gegenüber verhalten soll.
Ob es dafür ein Handbuch gibt? Ganz nach dem Motto:
Die zehn einfachsten Tipps für eine perfekte Sub?
Der Umgang mit einem Dom leicht gemacht?

Vielleicht sollte ich mich zu Hause gleich mal durch das gigantische Amazonsortiment klicken und schauen, ob ich dort fündig werde...
„Hör mir zu, Cameron. Ich bin wirklich völlig erledigt und die Entwicklung dieses Abends, na ja, die bringt mich irgendwie gerade schrecklich durcheinander."
Der Ausdruck in seinen Augen verrät mir, dass er mich am liebsten packen und an das Andreaskreuz, das sich in einem der privaten Räume befindet, fesseln möchte.
„Zieh dir etwas an. Ich fahre dich heim."
Der ausdruckslose Ton, in dem er jetzt plötzlich mit mir redet, beschert mir Magenschmerzen.
Was zur Hölle habe ich denn jetzt falsch gemacht?
Ich weiß nicht, was ich mir gedacht habe, wie es nach dieser Nummer zwischen uns weitergehen soll – um ehrlich zu sein, habe ich gar nicht gedacht, ich habe mich einfach nur gründlich ficken lassen!
Doch ich hätte nie und nimmer damit gerechnet, dass es so kompliziert werden könnte, wie es jetzt gerade ist!
Seufzend stehe ich mit wackeligen Beinen auf. Die Haut an meinem Hintern glüht noch immer leicht und ich spüre, wie sich mein ganzer Körper noch immer in den herrlichen postkoitalen Nachwehen des gerade Erlebten befindet.
Wer hätte gedacht, dass ich es wirklich mal genießen würde, wenn mir ein Mann den Arsch versohlt?
Also ich nicht... aber jetzt, wo es passiert ist, kann ich es kaum erwarten, es wieder zu tun.
Wenn sich seine Hand schon so verdammt gut angefühlt hat, wie fantastisch muss sich dann erst eine Gerte anfühlen?

Camerons Blick folgt jeder meiner Bewegungen, seine Nähe ist so unglaublich intensiv, dass ich mich kaum zu atmen traue.
Mit jeder Sekunde, die vergeht, werde ich immer nervöser. Es wird wirklich höchste Zeit von hier zu verschwinden....
Unsicher werfe ich einen Blick auf den zerrissenen Fetzen Stoff, der mal mein String gewesen ist.
Cameron folgt meinem Blick und sieht mich herausfordernd an – dann eben ohne String!

Cameron

Mit einer gewissen Skepsis beobachte ich Lilly dabei, wie sie regelrecht die Flucht ergreift.
Ich konnte nur zu deutlich die Veränderung spüren, die in ihr vorgegangen ist. In der einen Sekunde lag sie noch völlig entspannt in meinen Armen, in der nächsten ist ein Ruck durch ihren Körper gegangen. Schlagartig ist aus meinem völlig entspannten Kätzchen eine verunsicherte Maus geworden.
Mir ist durchaus bewusst, dass die vergangene Stunde ziemlich verwirrend für sie gewesen sein muss. Zum ersten Mal in ihrem Leben hat sie sich dominieren lassen - sie hat sich unterworfen und den Schmerz den ich ihr geschenkt habe, in vollen Zügen genossen. Für eine junge selbstbewusste Frau, wie sie es ist, muss es verwirrend sein, festzustellen, dass man es genießt unterworfen zu werden. Der heutige Abend war ein harmloses kleines Vorspiel, das ich nichtsdestotrotz sehr genossen habe.
Unweigerlich stellt sich mir die Frage, wie Lilly wohl reagieren wird, wenn sie das erste Mal am eigenen Leib spüren wird, wie es sich anfühlt, eine Sklavin zu sein?
Es wird ihr nicht leicht fallen, sich völlig zu unterwerfen und sich an die Regeln zu halten, doch das ist OK.
Mein Kätzchen ist jung und unerfahren, ich bin mehr als bereit, geduldig mit ihr zu sein.
Doch ihre Unerfahrenheit bedeutet auch, dass ich nicht zu nachlässig mit ihr sein darf.
Für heute Nacht lasse ich ihr Verhalten durchgehen.
Das Letzte, was ich will, ist, sie zu verschrecken.
Doch auch meine Geduld hat ihre Grenzen...
Lilly sollte sich schnell mit dem Gedanken anfreunden mir zu gehören – das vereinfacht ihr die Sache um einiges!

Tief durchatmend beobachte ich die Frau, die ich mehr als alles andere auf dieser Welt besitzen will, dabei, wie sie sich gar nicht schnell genug anziehen kann.

Gelassen wende ich meinen Blick ab, ziehe mich an und gehe auf sie zu.

Als ich nur noch wenige Zentimeter von ihr entfernt bin, bleibt sie ganz ruhig stehen, sieht mir tief in die Augen und schluckt schwer.

Oh jaaaaa.... sie hat definitiv etwas Angst vor mir!

In den Tiefen ihrer braunen Augen spiegelt sich reine Verletzlichkeit und mir wird schlagartig bewusst, dass ich vorsichtig mit ihr umgehen muss.

Im Gegensatz zu all den anderen Frauen, die ich in der Vergangenheit für mich beansprucht habe, ist Lilly nicht auf der Suche nach einem Dom in das ‚Black Palace' gekommen. Sondern sie ist hierhergekommen, um hinter der Bar zu arbeiten.

Langsam streiche ich mit meinem Handrücken über ihre linke Gesichtshälfte, unser Atem vermischt sich und ich muss mich schon sehr beherrschen, sie nicht erneut zu packen und zu ficken!

„Hör auf dir den Kopf zu zerbrechen!"

Unbewusst lehnt sie sich gegen meine Finger, sucht meine Nähe.

„Ich versuche es..."

„Braves Mädchen."

Das sanfte Lächeln, das sich jetzt auf ihren Lippen ausbreitet, geht mir durch Mark und Bein.

Fuck! Bei dieser Frau muss ich verdammt aufpassen. Das Letzte, was ich gebrauchen kann, ist, mich emotional an sie zu binden.

Gefühle sind schön und gut, doch sie haben in meinem Leben keinen Platz!

Wie aus Reflex lasse ich meine Finger von ihrem Gesicht fallen und weiche einen Schritt zurück.

„Komm schon, Lilly, ich bringe dich heim!"

„Und was ist mit meinem Auto?"

Mist... daran habe ich in all dem Durcheinander gar nicht mehr gedacht.

„Das wird dir Alexej nach seiner Schicht vorbeibringen."

Lilly ist eine der Frauen, deren Gedanken man regelrecht von ihrer Mimik ablesen kann. Und so fällt es mir nicht schwer ihr anzusehen, dass ihr die Tatsache, dass Alexej ihr Auto fahren wird, nicht besonders gut gefällt.

Doch sie sagt nichts, nickt nur kurz und lässt sich von mir zu meinem Auto führen.

Oh ja.... sie wird die perfekte Sklavin sein...

Lilly

Camerons schlanke Finger ruhen entspannt auf dem ledernen Lenkrad seines Audi R8.

Trotz der Tatsache, dass dieses Auto genug PS hat, um am Laguna Seca Raceway zu fahren, beherrscht Cameron es ohne mit der Wimper zu zucken.

Schnell, selbstsicher und mit einer unterschwelligen Aggressivität fährt er durch die nächtlichen Straßen Miamis.

Der Motor knurrt wie ein wütender Löwe - ansonsten fühlt es sich an, als würden wir über die Straßen fliegen.

Das blaue Licht der Armaturen erhellt Camerons markante Gesichtszüge.

Ich hatte Sex mit diesem unheimlichen Mann... er hat mir den Arsch versohlt und ich bin so hart gekommen, dass ich beinahe ohnmächtig geworden bin!

Langsam lasse ich meinen Blick über sein maskulines Profil gleiten.

Er ist wirklich unglaublich attraktiv. Automatisch beginne ich ihn mit Lucifer zu vergleichen. Während Lucifer wie ein Dämon wirkt, erinnert mich Cameron eher an einen Kämpfer.

Sein Körper ist groß, breit und verdammt muskulös. Lucifer hingegen ist zwar ebenfalls muskulös, doch nicht ganz so breit gebaut.

Es ist mir unmöglich mich für einen der beiden zu entscheiden – was soll ich denn jetzt nur tun?

Pack deine Sachen und verschwinde ans Ende der Welt...

Meine innere Stimme schreit mich panisch an, sie ahnt, dass diese Nacht noch verdammt heftige Nachwehen haben wird.

Schweigend stoppt er vor einer roten Ampel, seine große, warme Hand legt sich auf mein nacktes Knie, schiebt sich stetig weiter nach oben.

Nervös lecke ich mir über die Unterlippe und beobachte seine Finger dabei, wie sie meinen Rock nach oben schieben und sich auf meine nackte Scham legen.

Ohhhh....

Sein Blick legt sich auf seine Finger, als sie langsam in mich eindringen.

„Spreiz deine Beine!“

Instinktiv befolge ich seinen Befehl.
Nicht in der Lage meine Augen von seiner Hand loszureißen, beobachte ich, wie zwei seiner Finger in meine Vagina eindringen.
Keuchend schnappe ich nach Luft. Gekonnt krümmt er seine Finger in meinem Inneren, trifft auf den sensiblen Punkt und massiert meine Scheidenwände.
Zitternd rutsche ich mit meinem Becken etwas weiter nach unten, komme seinen Fingern entgegen und spüre, wie sich alles in mir verlangend zusammenzieht.
Es mag sein, dass sich mein Kopf noch immer gegen diesen Mann wehrt – doch mein Körper hat sich ihm längst ergeben!

Kurz bevor ich mich in meiner Lust verliere, entzieht er mir seine Finger, verpasst meiner entblößten Scham einen harten Schlag und streift etwas von meiner Feuchtigkeit an meinem Oberschenkel ab.
Am liebsten hätte ich ihn angeschrien, dass er jetzt nicht aufhören kann, dass er weitermachen soll und dass ich kurz davor bin zu kommen....
Doch ich bleibe still, folge dem Weg seiner Finger und beobachte gebannt, wie er sie in seinen Mund steckt und ableckt.
Oh mein Gott – dieser Mann ist ein Teufel!
Als die Ampel auf gelb springt, legt er den ersten Gang ein, gibt Gas und fährt seelenruhig weiter.
Und ich? Tja, ich sitze erregt und zitternd neben ihm – meine Schenkel sind noch immer weit gespreizt, der süße Geruch meiner Erregung liegt in der Luft und meine Atmung kommt ungleichmäßig.
Dieser Arsch weiß ganz genau, was er mir antut...
Das Schlimmste an dieser Situation ist, dass sie mir aufzeigt, dass Cameron die Macht hat, mich zu manipulieren.
Ich bin so aufgeheizt, das ich das Gefühl habe, innerlich zu verglühen.
Gerade als ich meine Schenkel schließen und so etwas von dem Druck, der sich in meinem Unterleib aufgebaut hat, abzumildern, beschleunigt Cameron den Audi R8 noch etwas mehr. Die Kraft des Wagens presst mich noch etwas tiefer in den weißen Ledersitz und das leichte Vibrieren des Motors stimuliert meine blank liegenden Nerven.
„Wage es ja nicht, die Schenkel zu schließen! Wenn du es doch tust, halte ich sofort an, beuge dich über die Motorhaube und verpasse dir ein hartes Spanking!“
Waaasssss? Holy Shit!
Seine Worte lösen ein erneutes, ziemlich heftiges Ziehen in meinem Schoß aus.

Wie zur Hölle kann es sein, dass mich seine Androhung nur noch mehr anturnt?

Eigentlich sollte ich entsetzt sein, doch stattdessen sehne ich mich geradezu danach, erneut von ihm unterworfen zu werden.

Unsicher sehe ich ihm in die Augen und lasse meine Beine weit geöffnet.

Aus Erfahrung weiß ich, dass es nur noch wenige Minuten dauern wird, bis wir bei mir angekommen sind. Und alleine die Vorstellung, so erregt wie ich jetzt bin, alleine in mein Bett gehen zu müssen, lässt mich erschaudern.

Jeder Zentimeter meiner Haut sehnt sich nach diesem Mann.

Und während ich beinahe durchdrehe, sitzt Cameron tiefenentspannt neben mir, seine Hände ruhen entspannt auf dem Lenkrad.

Was zur Hölle soll das?

Warum soll ich so weit geöffnet neben ihm sitzen, wenn er mich nicht einmal ansieht, geschweige denn zu Ende bringt, was er angefangen hat?!

Fest entschlossen die Konsequenzen in Kauf zu nehmen – und mich nicht von ihm herumkommandieren zu lassen, schließe ich meine Beine, und überschlage meine Knie.

Na, großer Master? Was wirst du jetzt tun?

Nach außen hin völlig gelassen, spüre ich, wie sich ein ziemlich nervöses Prickeln in meinem Bauch ausbreitet.

Ohhhh.... Nervös beobachte ich seine Reaktion aus dem Augenwinkel.

Camerons Finger schließen sich etwas fester um das Leder des Lenkrads.

Aus seiner Kehle steigt ein gefährliches Knurren, während er den Wagen an den Straßenrand lenkt, das Brummen des Motors verstummt und Cameron schnallt sich ab.

Mist....

„Steig aus Baby!“

Ist das sein Ernst?

Ohne mich eines weiteren Blickes zu würdigen, steigt er aus, geht um den Wagen herum und öffnet meine Türe.

Verflucht! Vielleicht sollte ich ihn um Gnade anflehen?!

Zögernd bleibe ich sitzen und erwidere seinen dunklen, unnachgiebigen Blick.

Ganz großes Kino, Lilly! Das hast du ja wirklich super gemacht!

Meine innere Stimme zittert vor Angst, während mein Herz ins Stolpern gerät.

Ganz gentlemanlike hält er mir seine rechte Hand entgegen. Vertrauensvoll lege ich meine Finger in die seinen und lasse mich von ihm aus der Sicherheit des Autos ziehen.

... wenn ich jetzt ganz schnell davonlaufe, dann würde er mich mit Sicherheit nicht erwischen...

„Denk nicht einmal daran, Baby!"

Verfluchter Mist, dieser Mann scheint mich einfach immer zu durchschauen – das wird langsam echt unheimlich.

Wenn das so weitergeht, werde ich Cameron noch sexuell hörig - eine Gefahr, die ich auf gar keinen Fall aus den Augen verlieren darf....

6. Kapitel

Schmerz und Lust

Cameron

Zart und klein legen sich ihre Finger in die meinen.

Lilly wusste ganz genau, was ich von ihr verlangt habe und trotz der Tatsache, dass sie von den zu erwartenden Konsequenzen gewusst hat, hat sie sich, widerspenstig wie sie nun mal ist, nicht an meinen Befehl gehalten.

Ein ängstliches Zittern durchläuft ihren Körper, während sie aus dem Wagen steigt. Doch es ist nicht nur ihre Angst, die sie erbeben lässt, ihr Körper sehnt sich geradezu danach, von mir verwöhnt zu werden.

Mein kleines Wildkätzchen hat seine Krallen ausgefahren und jetzt ist es kurz davor, mir die Augen auszukratzen.

Gott, wie sehr ich ihre Widerspenstigkeit genieße...

Bestimmend führe ich sie vor den Wagen, die hellen Xenonscheinwerfer eines entgegenkommenden Autos erhellen ihr Gesicht, ehe es an uns vorbeifährt.

Mit einer schnellen Drehung ziehe ich sie zu mir in die Arme, umfasse mit meinen Händen ihr Gesicht und ficke ihren süßen Mund regelrecht mit meiner Zunge.

Als ich sie dann endlich soweit habe, dass sie meinen Kuss erwidert, streiche ich mit meinen Fingern über ihren Hals, drücke leicht zu und zeige ihr so, wie verdammt hilflos sie ist. Leise keuchend lehnt sie sich an mich, knabbert an meiner Unterlippe und schiebt mir ihre Zunge in den Hals.

Holy Fuck!

Ein Kuss von dieser Frau und ich vergesse einfach alles um mich herum!

Besitzergreifend schiebe ich meine Finger zwischen ihre Beine, spreize ihre Schamlippen und drücke fest auf ihren Kitzler.

Ein Schwall Feuchtigkeit benetzt ihre Pussy und trieft über meine Finger – sie ist soweit.

Ungeduldig beende ich unseren Kuss, drehe sie um und presse sie mit dem Oberkörper gegen die Motorhaube meines Wagens.

Wie nicht anders zu erwarten, bäumt sich Lilly gegen mich auf. Schnell umfasse ich ihren Nacken, schiebe mit meinen Knien ihre Beine weit auseinander und ziehe ihren Rock mit einem schnellen Ruck nach unten.

Als sie selbst in dieser hilflosen Position noch immer nicht ganz still hält, hole ich mit meiner rechten Hand aus und lasse sie hart auf ihre linke Pobacke knallen.

Ihr gellender Schrei durchbricht die Stille der Nacht.

„Halt verdammt noch mal still, Baby! Wehr dich nicht gegen mich!"

Schluchzend leckt sie sich über die Lippen. Da ich das Licht am Auto angelassen habe, zeichnen sich ihre wundervollen Rundungen gut sichtbar vor mir ab.

Lilly wirkt noch immer unruhig, doch der Ausdruck, der sich auf ihr Gesicht gelegt hat, verrät mir nur zu deutlich, dass sie die Situation, in der sie sich befindet, unheimlich genießt.

Meine Wildkatze mag es, eingefangen und unterworfen zu werden – welch ein Glück, dass ich sie nur allzu gerne jage und unterwerfe!

Diese Frau passt einfach perfekt zu mir...

„Bitte mich darum!"

Trügerisch sanft streiche ich mit meiner Handfläche über ihr entblößtes Gesäß.

Wann immer ich über die Stelle streiche, die ich gerade zum Glühen gebracht habe, saugt sie frischen Atem in ihre Lungen.

Gott, ich hatte mir so sehr erhofft, dass Lilly wirklich so devot ist, wie ich es erahnt habe, doch die Wirklichkeit sprengt sogar noch all meine Erwartungen.

Mehrere Atemzüge vergehen, doch ihre Lippen bleiben geschlossen.

Bei jeder anderen Sklavin würde mich ihre Ungehorsamkeit in den Wahnsinn treiben, doch bei Lilly genieße ich sie.

Als sie Sekunden später noch immer keine Anstalten macht, meiner Aufforderung nachzukommen, hole ich erneut aus und verpasse ihrer rechten Pobacke einen harten Schlag. Automatisch versucht sie sich aufzubäumen, doch meine Hand in ihrem Nacken hält sie brav unten.

„Na na na, meine Liebe! Du hast genau zwei Möglichkeiten! Bitte mich darum und ich sorge dafür, dass du das Spanking genießen wirst. Oder bitte mich nicht, und du wirst vor Schmerzen schreien. So oder so erhältst du für deinen Ungehorsam zwanzig Schläge!"

Unsagbar erregt beobachte ich sie dabei, wie sie mit ihrer Zungenspitze ihre Lippen befeuchtet.

Gerade als ich denke, dass sie es wirklich darauf ankommen lässt, öffnet sie ihre Lippen und spricht die magischen Worte aus, die Worte, die jeden Dom an den Rand des Erträglichen bringen.

„Bitte schlag mich, Sir!"

Bämmm ....

Vier Worte, Lilly braucht nur vier Worte und mein Schwanz ist so verdammt hart, dass ich das Gefühl habe, jede Sekunde zu platzen. Meine Eier kribbeln ungeduldig und mein Sichtfeld wird kleiner – fokussiert sich nur noch auf den unfassbar geilen Anblick von Lillys nacktem Arsch und ihrer feuchten Pussy...

Lilly

Unfassbar erregt flehe ich stumm um Gnade, während ich ihm meinen Po herausfordernd entgegenstrecke.

Es ist ambivalent, aber ich schaffe es einfach nicht, die Situation, in der ich mich gerade befinde, abstoßend zu finden.

Ganz im Gegenteil!

Ich spüre, wie mein Körper vor Erwartung regelrecht zu summen beginnt. Meine Nerven sind angespannt und ich genieße seine kraftvolle Hand in meinem Nacken, die mich bestimmend nach unten drückt und in Position hält.

Unsicher knabbere ich auf meiner Unterlippe herum, schließe meine Augen und atme tief durch.

Die Gefahr von jemandem dabei beobachtet zu werden, wie ich entblößt und wehrlos über der Motorhaube vom Camerons R8 liege – gibt mir einen regelrechten Kick.

Wird es sehr weh tun?

Wird er hart zuschlagen?

Unsicher, ob dieses Spanking eine reine Bestrafung werden soll, versuche ich mich zu entspannen.

Ich muss lernen mich vertrauensvoll in Camerons Hände zu geben....

Cameron hat die Kraft und, was noch wichtiger ist, die Macht mich zu kontrollieren, ich vertraue mich ihm an – schenke mich ihm und nehme alles, was er mir zu geben bereit ist.

In der Sekunde, in der ich ihn darum gebeten habe mich zu schlagen, habe ich eine erneute Grenze überschritten. Eine Grenze, die mich noch tiefer in die Welt des SM gebracht hat.

Es ist eine Sache sich jemandem zu unterwerfen – aber eine ganz andere einen Mann regelrecht anzuflehen, einem endlich den Po zu versohlen.

Oh mein Gott...... ich bin verloren!

Camerons raue Handfläche streicht verführerisch leicht über meine Rückseite, schiebt sich zwischen meine Schenkel und taucht kurz zwischen meine empfindlichen Schamlippen. Seine jetzt feuchten

Fingerspitzen fahren durch den Spalt meines Hinterns, kneifen kurz in mein Fleisch und entfernen sich von mir.

Jaaaaa endlich...

Instinktiv spüre ich, dass es jetzt soweit ist!

Erneut erhellen die Scheinwerfer eines Autos, das direkt an uns vorbeifährt, die Umgebung um uns herum. Und in genau der Sekunde, in der ich Angst davor habe, dass das Auto anhält, trifft Camerons Hand laut klatschend auf die Mitte meines Pos.

Klatsch....

Meine Gedanken zerplatzen, lösen sich in Luft auf und werden unwichtig.

Mein Körper ist so damit beschäftigt den zartbitteren Schmerz zu verarbeiten, dass in meinem Verstand kein Platz für irgendwelche logischen Überlegungen ist.

Jede Zelle meines Körpers ist damit beschäftigt die 1000 Emotionen zu verarbeiten, die durch meine Venen rauschen.

Angst – Schmerz – Lust – Begierde – Sehnsucht – Glück – Leidenschaft...

Meine Nervenbahnen fangen Feuer, setzen mich in Brand und lassen mich fliegen.

Keuchend lasse ich mich fallen, meinen Synapsen geht das Licht aus und ich treibe mit jedem weiteren Schlag etwas weiter auf das dunkle, offene Meer meiner Sehnsüchte.

Nach dem sechsten Hieb gönnt mir Cameron eine Pause – ob er gespürt hat, dass ich kurz davor bin an meine Grenze zu kommen?

Bin ich wirklich so leicht zu lesen für ihn?

Winzige Schweißperlen sammeln sich in meinem Nacken, meine Lunge brennt und meine Kehle kratzt ziemlich dank des lauten Schreis, den mir Cameron mit seinem letzten Schlag entlockt hat.

Seine Hand streicht über meine Hüfte und über die empfindliche Haut meines schmerzenden Hinterns.

Wimmernd versuche ich ihr auszuweichen, doch Cameron hat mich viel zu gut im Griff.

Seine Hand lässt meinen Nacken los, wickelt sich in meine Haare und zieht meinen Kopf bestimmend nach hinten.

„Schhhhh Baby...“

Das dunkle Timbre seiner Stimme beruhigt meine blank liegenden Nerven.

Zwar habe ich dank meiner mangelnden Erfahrung, wenn es darum geht versohlt zu werden, keine Vergleichsmöglichkeiten. Aber ich denke nicht, dass sich Cameron mit seiner Kraft zurückgehalten hat.

Cameron ist kein Mann, der dir nur halb den Hintern versohlt. Wenn er etwas androht, dann macht er es und zwar richtig!

Wimmernd spüre ich, wie seine eigentlich sanfte Berührung den Schmerz erneut aufflammen lässt.

Shit tut das weh!

„Fuck, Baby! In dieser Position siehst du wunderschön aus. Deine Pussy glänzt richtig – sie tropft fast vor Gier!“

Intuitiv versuche ich meine Beine zu schließen, doch seine kraftvollen Knie halten mich an Ort und Stelle.

Ich spüre seine Lippen auf meinem Steißbein, seine Zunge liebkost meine Haut und seine Finger graben sich tief in meinen Hintern.

Autsch ...

Dieser Sadist genießt meine Pein.

„Nur noch vierzehn Schläge und deine Strafe ist vorbei.“

Vierzehn!? Er will es also wirklich durchziehen? Oh, mein Gott!

Mein Po brennt ja jetzt schon wie die Hölle!

Wie soll ich morgen auch nur einen Schritt gehen? Oder mich gar hinsetzen können, wenn er jetzt weitermacht?

„Cameron bitte... ich schaffe das nicht mehr...“

„Sei still!“

Dieser Arsch lässt mich nicht mal aussprechen.

„Ich habe dir gesagt was passiert, wenn du mir nicht gehorchst. Und dennoch hast du dich meinem Befehl widersetzt.“

Er atmet tief durch.

„Jetzt sei ein braves Mädchen und ergib dich mir!“

Seine Hand in meinen Haaren festigt ihren Griff und ich weiß, dass ich jetzt die restlichen Hiebe bekomme.

Eiskalte Angst schleicht sich in mein wild klopfendes Herz.

Anscheinend bin ich doch keine gute Sub. Denn kaum werde ich aus meiner Komfortzone rausgezogen – kaum erreicht der Schmerz eine gewisse Intensität, bekomme ich Angst und würde am liebsten davonlaufen.

Doch ich kann nicht davonlaufen, Cameron lässt es nicht zu.

„Leg deine Hände flach auf die Motorhaube!“

Sofort tue ich was er sagt.

„Atme tief durch, und entspann dich!“

Entspannen? Der Idiot hat ja leicht reden! Jetzt im Moment würde ich ihm am liebsten die Augen auskratzen ...

Wie konnte ich nur so dumm sein und glauben, dass ich stark genug für diese gefährliche Welt des Schmerzes bin?

„Ich will, dass du ab jetzt mitzählst!"

Ist das sein Ernst?

Und noch bevor ich mich auf den nächsten Schlag seiner Handfläche einstellen kann, trifft sie auch schon auf meine Rückseite. Durch den Aufprall wird mein Körper auf der glatten Motorhaube nach oben geschoben.

Laut schreie ich die eins in die stille Nachtluft. Tränen sammeln sich in meinen Augenwinkeln, laufen über meine Wangen hinab.

Erneut holt er aus, platziert seine Handfläche ziemlich weit unten, an der Stelle, an der mein Hintern zum Oberschenkel übergeht.

Der intensive Schmerz explodiert hinter meinen geschlossenen Lidern. Grelle Punkte tanzen vor meinem Sichtfeld - meine Hilflosigkeit raubt mir die Luft zum Atmen.

Warum musste ich mich nur im Auto so zickig verhalten?

Hätte ich meine Schenkel einfach weit gespreizt gelassen, würde ich jetzt schon friedlich in meinem Bett liegen.

Und trotz der Wucht seiner Hand spüre ich, wie die Feuchtigkeit meiner Schamlippen über meine Oberschenkel nach unten läuft.

Mein Kitzler ist angeschwollen und pocht, meine Brustwarzen sind empfindlich und ich kann es kaum erwarten, endlich von ihm gefickt zu werden.

Was ist nur los mit mir?

Einerseits will ich wegrennen und andererseits sehne ich mich nach mehr.

Gekonnt überzieht Cameron meine Rückseite mit harten, unnachgiebigen Schlägen. Seine Finger gleiten immer wieder zwischen meine Schamlippen, reizen meinen Eingang und sorgen so dafür, dass meine Erregung stetig wächst.

„...elf..."

Der bittere Schmerz löst sich auf, lässt mich treiben und nimmt mich mit in ein neues Level der Lust.

Anfangs dachte ich noch, dass ich die restlichen Hiebe nie aushalten würde, doch jetzt habe ich den Schmerz akzeptiert – ich sehne mich nach ihm – sauge ihn in mich auf und gebe mich dem Gefühl des Dominiertwerdens hin.

Keuchend schreie ich meine Lust laut aus mir heraus, komme seiner Handfläche entgegen und bettle hilflos nach mehr.

In einem der vielen Artikel, die ich über SM gelesen habe, stand, dass die Gefahr allgegenwärtig ist, dass man sich als Sub in dem köstlichen

Schmerz verliert und dass es deshalb so wichtig ist, dass man einen erfahrenen Dom hat, der die Grenzen seiner Sklavin kennt.

Bis zu diesem Augenblick habe ich nicht verstanden wie das möglich sein soll – doch jetzt weiß ich es....

Als die zwanzig Schläge vorbei sind, sehne ich mich noch immer nach mehr, ich will seine Hand auf jedem Zentimeter meiner Haut spüren. Ich will, dass er mir immer und immer wieder diese göttliche Pein schenkt.

Doch Cameron hört nicht auf mein Flehen...

Seine Hand löst sich aus meinen Haaren, während er seinen plötzlich nackten Unterleib gegen meinen schmerzenden Po drückt.

Ich bin so in meiner Trance gefangen, dass ich nicht einmal mitbekommen habe, wie er seine Hose geöffnet und nach unten gezogen hat...

Erneut fährt ein Auto direkt an uns vorbei und wieder scheint sich der Fahrer nicht im Geringsten für uns zu interessieren.

Camerons dicke Eichel presst sich gegen meine Pussy, seine Finger schließen sich um meine Taille und ich spüre wie er seinen muskulösen Körper anspannt.

Wimmernd reibe ich meine pochende Scham an seinem Glied, seine Oberschenkel zucken ungeduldig, so als könnten sie es gar nicht erwarten, endlich in einen harten Rhythmus zu verfallen.

Cameron

Holy Fuck! Bei allem was mir heilig ist, aber diese Frau führt mich in Versuchung - wie vor tausenden von Jahren die liebe Eva den Adam.

Eigentlich wollte ich sie bestrafen und sie nicht mit Lust verwöhnen, und jetzt?

Jetzt stehe ich direkt an einer gut befahrenen Straße hinter ihrem rot leuchtenden Arsch. Meine Handfläche brennt höllisch und mein Schwanz ist so verdammt hart, dass er eigentlich platzen müsste.

Das intensive Kribbeln in meinen Eiern verrät mir, dass es nicht lange dauern wird, bis ich meinen Saft in sie schieße.

Nicht in der Lage ihr auch nur eine Sekunde länger zu widerstehen, atme ich tief durch, sammle meine Beherrschung und konzentriere mich darauf, sie nicht zu hart ranzunehmen. Doch das ist gar nicht so leicht.

Aufreizend langsam reibt mein wildes Kätzchen ihre feuchte Muschi an meinem Oberschenkel.

Fluchend öffne ich die Gürtelschnalle, ziehe meine Hose runter und versenke mich mit einem harten Stoß in ihr ... heilige Mutter Gottes ...

Atemlos spüre ich, wie sich mein Glied durch ihre nasse Muschi pflügt. Lillys enges, heißes Fleisch weitet sich für mich, passt sich mir an und nimmt mich bis zum letzten Millimeter in sich auf – ich bin verloren!
Verdammt noch mal, so muss es sich anfühlen zu sterben und direkt ins Paradies zu kommen.

Knurrend pumpe ich mich in sie, entziehe mich ihr wieder, nur um erneut in sie einzudringen. Laut stöhnend und sich windend kommt sie mir gierig nach mehr entgegen.
Wer hätte gedacht, dass sich hinter unserer eigensinnigen Barfrau so eine wilde, unzähmbare Wildkatze verbirgt?
Diese Nacht ist wie eine Offenbarung – diese Nacht ist der Anfang von etwas Außergewöhnlichem.
Lilly strahlt eine exquisite Mischung aus Lust, Leidenschaft und Unterwürfigkeit aus, die mich wie magisch anzieht!
Hart und erbarmungslos klatschen unsere Körper aufeinander, nass und pulsierend umschließen mich ihre Schamlippen und es kostet mich all meine Selbstbeherrschung, nicht sofort abzuspritzen.
Doch dieses Vergnügen gönne ich mir erst wenn Lilly kraftlos und erschöpft unter mir liegt. Dass Doms zumeist keine Gentlemen sind, liegt ja quasi auf der Hand, doch beim Sex gilt ganz klar: Ladies first!

Meinen Rhythmus beibehaltend lasse ich meine Hand an ihrem Bauch nach unten gleiten. Bespiele ihren Kitzler und zwicke hart zu....
Zuckend und schreiend verliert sich mein wildes Kätzchen in den Sphären der Lust. Bebend ziehen sich ihre Scheidenmuskeln zusammen, melken mich regelrecht und sorgen dafür, dass ich laut brüllend komme.
Zum ersten Mal in meinem Leben spüre ich das Gefühl der Zusammengehörigkeit – zum ersten Mal in meinem Leben will ich eine Frau nicht nur unterwerfen, sondern auch besitzen und behalten!

Lilly

Zitternd versuche ich frischen Sauerstoff einzuatmen, doch es will mir nicht gelingen. Ich weiß nicht, wie ich es beschreiben soll, aber irgendetwas hat sich gerade zwischen Cameron und mir verändert.
Das Spanking und der anschließende Sex waren so intensiv, dass sich tief in meinem Herzen etwas verschoben hat. Plötzlich geht es nicht mehr darum einfach nur ein tolles Abenteuer und einen Haufen

phantastischer Orgasmen zu erleben – plötzlich geht es irgendwie um mehr!

Die Art, wie Cameron mich hält, berührt, ansieht und küsst – die Art, wie er in mich eindringt, wie er mich unterwirft und auffängt, wenn ich falle.... ich bin verloren!

Das Letzte, was ich gebrauchen kann, ist, dass ich mich in meinen Chef verliebe, dass ich wirklich echte Gefühle für ihn entwickle und früher oder später mein Herz an diesen Dom verliere.

Oh Gott ... was soll ich denn jetzt nur machen?

Fürsorglich hält er mich fest, während ich auf den Wellen meines Höhepunktes reite. Dunkel knurrt er mir zärtliche Worte ins Ohr, während mein Arsch nur so glüht und brennt.

Das war definitiv der Fick meines Lebens und so langsam bekomme ich ein Gefühl dafür, wie es sich anfühlen muss eine echte Bindung zu einem dominanten Mann einzugehen.

Die tiefe Sehnsucht, für immer von diesen starken Armen gehalten, unterworfen und beschützt zu werden, breitet sich in mir aus, wird so intensiv, dass sie mich ins Schwanken bringt.

Camerons Griff festigt sich. Liebevoll zieht er mich noch fester an seine Brust und haucht mir einen zartschmelzenden Kuss in den Nacken.

„Komm, Kleines, ich bringe dich heim!“

Wie schafft es dieser Mann nur, in einem Moment so unnahbar zu sein, nur um im nächsten fürsorglich und zärtlich zu sein?

Cameron hat zwei Gesichter, die so unterschiedlich sind wie Feuer und Eis ...

Cameron

Nachdem ich mein Kätzchen zurück ins Auto getragen habe, steige ich ebenfalls wieder ein und bringe sie nun sicher nach Hause.

Verfluchter Bullshit! Es geht mir so was von gegen den Strich, dass sie es gar nicht erwarten kann, aus meiner Reichweite zu entfliehen. Doch es hat keinen Sinn ihr diesen Wunsch zu verwehren. Ich muss ihr genug Freiheit lassen, damit sie sich an unsere neue Beziehung gewöhnen kann.

Bis jetzt ist mir Lilly in keinster Weise verpflichtet, das Risiko, dass sie einfach in ihr Auto steigt und auf Nimmerwiedersehen verschwindet, ist mir einfach zu hoch.

Selbstredend würde ich sie nie gehen lassen, doch aus Erfahrung weiß ich, dass es verdammt zeitaufwendig ist, eine verängstigte Frau irgendwo in den USA auszumachen und zurückzuschleppen ...

7. Kapitel

Gefährliche Unterwerfung

Lilly

Erschöpft sinke ich gegen das schwere Holz meiner Wohnungstüre.

Oh mein Gott, bin ich erledigt...

Mit geschlossenen Augen rutsche ich an der Türe nach unten, so dass ich auf meinen Fersen sitzenbleibe und meinen Kopf gegen das harte Holz lehnen kann.

Angespannt lausche ich, wie Camerons Schritte vor der Wohnungstüre immer leiser werden, ehe sie endgültig verstummt sind – er ist weg – ich bin alleine...

Wummsss...

Jetzt, wo ich endlich in der einsamen Abgeschiedenheit meines kleinen Apartments sitze, kann ich das erste Mal seit Stunden wieder befreit durchatmen.

Es fühlt sich fast so an, als würde ein gigantischer Stein von meinen Schultern rollen.

Wie konnte in so wenigen Stunden nur so ein schreckliches Chaos entstehen?

Als ich vor Stunden zur Arbeit aufgebrochen bin, wäre ich nie auf die Idee gekommen, mich meinem Chef hinzugeben.

Und dennoch ist ganz genau das passiert.... *und das auch noch mehrmals!*

Verwirrt aufstöhnend schließe ich meine Augen und lasse das Erlebte Revue passieren.

Alleine die Erinnerung an Camerons Kraft lässt mich sehnsüchtig erschaudern.

Was habe ich da nur getan?

Unweigerlich wandern meine Gedanken zu Lucifer und seinen quecksilberfarbenen Augen.

Wie soll ich ihm das nur erklären?

Muss ich ihm überhaupt etwas erklären?

Ich meine, er vögelt sich ja auch quer durch das komplette Sklavinnen-Sortiment.

Vorsichtig richte ich mich auf, stets darauf bedacht, dass das Leder meines Rocks nicht über meinen wunden Hintern streicht.

Cameron war fest entschlossen mich ins Bett zu bringen und mir den Hintern einzucremen, doch das konnte ich nicht zulassen. Alleine die Vorstellung, dass sich Cameron in meinem Schlafzimmer aufhält, hat mich beinahe durchdrehen lassen.

Und nur das Versprechen, dass ich meinen glühenden Po mit einer kühlenden Salbe behandle, hat ihn von seinem Vorhaben abgebracht.

Ich weiß, es klingt verrückt und völlig wirr, aber bis jetzt hatten wir in seinem pompösen Büro und am Standstreifen auf der Motorhaube seines R8 Sex. Diese zwei Orte haben nichts mit meinem wirklichen Leben zu tun, und so kann ich mir einreden, dass das alles fast gar keine Bedeutung hat.

Aber wenn ich ihn in mein privates Reich lasse, vielleicht sogar in meinem Bett mit ihm schlafe, dann wird das alles so schrecklich real, dass ich nicht weiß, wie ich damit umgehen soll.

Mach dir doch nichts vor, Lilly. Du hast dich ihm unterworfen, dich von ihm schlagen lassen und mit ihm gefickt! Also stell dich jetzt bloß nicht so an ...

Na klasse! Meine innere Stimme scheint sich gerade so richtig wohl dabei zu fühlen, mir eins reinzuwürgen.

Fest entschlossen, mich weder von meinen verrückten Gedanken noch von meiner inneren Psycho-Stimme ärgern zu lassen, ziehe ich, während ich mich auf den Weg ins Badezimmer mache, meine Sachen aus und lasse sie achtlos auf den Boden fallen.

Als erstes brauche ich dringend eine Dusche!

Wenn ich mir erst mal seinen Geruch von der Haut gewaschen und mein schmerzendes Hinterteil eingecremt habe, sieht die Welt gleich wieder ganz anders aus.

Trotz der Tatsache, dass es knapp fünf Uhr in der Früh ist bin ich zwar völlig erschöpft jedoch hellwach.

Alleine die Aussicht, mir nach der heißen Dusche einen ganzen Berg an Schokolade zu gönnen, lässt mir das Wasser im Mund zusammenlaufen.

Andere mögen ihre Sorgen in Alkohol ertränken oder ihre Nerven mit Drogen beruhigen, ich hingegen brauche einfach nur gute Vollmilchschoki um mich davon zu überzeugen, dass alles wieder gut wird.

Doch nach der heutigen Nacht wird eine einzige, winzige Tafel ganz sicher nicht ausreichen. Nach den letzten Ereignissen werde ich mir mindesten zwei... oder gar drei gönnen!

Was gibt es besseres als Vollmilchschokolade, dominante Kerle und wunderschön verarbeitete Leder Gerten...?

Liter für Liter läuft das heiße Wasser über meine empfindliche Haut und haucht dabei dem heftigen Brennen auf meinem Allerwertesten neues Leben ein.
Wie lange es wohl dauern wird, bis der Schmerz vergeht?
Der süße Geruch meines Granatapfel-Shampoos erfüllt mein winziges Badezimmer, Wasserdampf wabert durch die Luft und hüllt mich in einen geheimnisvollen Nebel aus Hitze.
Und selbst den Unmengen von heißem Wasser, die auf meinen Kopf prasseln, gelingt es nicht, das Bild der schwarzen Gerte aus meinem Kopf zu verscheuchen.
Ach du liebe Zeit, ich muss völlig verrückt sein!
Anders kann ich mir nicht erklären, warum ich es nicht erwarten kann, mit so einem Ding geschlagen zu werden...

Lucifer

Atemzug für Atemzug ringe ich mit meiner stark bröckelnden Selbstbeherrschung.
Es erfordert beinahe übermenschliche Kraft, nicht aus meinem verfickten Auto auszusteigen, die Türe einzutreten und den Apartmentkomplex, in dem Lilly wohnt, zu betreten.
Seit Stunden halte ich nun schon vor dem Haus Wache und beobachte die Straße, während die Dunkelheit der Nacht für meine Anonymität sorgt.
In dem Augenblick, in dem ich Cameron dabei beobachtet habe, wie er Lilly nach Drinnen begleitet hat, war ich kurz davor den Verstand zu verlieren. Das Einzige, was mich davon abgehalten hat, das Interieur meines Autos kurz und klein zu schlagen, war die Tatsache, dass er wenige Minuten später wieder rausgekommen ist – alleine.
Fuck – Fuck – Fuck!
Wie konnte es nur soweit kommen?
Seit Wochen arbeite ich daran, diese sture Frau für mich zu gewinnen und seit Wochen lässt sie mich eiskalt abblitzen.
Anscheinend hat mich mein ansonsten so sicherer Instinkt dieses Mal im Stich gelassen.
Ich war mir so verdammt sicher, dass ich sie kurz davor hatte, sich mir anzuvertrauen.... Doch dann! Fuck! Dann kam Cameron und hat sie sich einfach geschnappt.

Unfassbar wütend lasse ich meinen Kopf im Nacken kreisen, höre das laute Knacken meiner angespannten Wirbel und atme tief durch.

Das werde ich nicht akzeptieren!

Es ist mir völlig egal, dass Cameron der Chef ist. Lilly gehört mir, ganz alleine mir!

Und es wird höchste Zeit, dass sie das auch kapiert.

Die Versuchung ist groß... es wäre wirklich zu leicht in ihr Apartment einzubrechen, sie an ihr Bett zu fesseln und ihr das Hirn aus dem Kopf zu vögeln.

Doch ich widerstehe dem Drang, sie schon diese Nacht zu meinem Eigentum zu machen.

Lilly ist eine bemerkenswerte Frau, die mich mehr fasziniert als alle Frauen, die ich jemals getroffen habe.

Die Nacht, in der ich sie das erste Mal koste, lecke, beiße und unterwerfe muss perfekt geplant sein.

So wie ich sie kenne, wird sie alles tun, um sich zur Wehr zu setzen und ich werde es genießen. Doch heute Nacht bin ich zu unvorbereitet. Weder habe ich ein Seil, noch die Werkzeuge dabei, die ich an ihr benutzen möchte.

Erneut heißt es Geduld...

Doch jetzt, wo ich weiß, dass ich nicht der einzige Mann bin, der sie für sich beanspruchen will, werde ich keine Zeit mehr verlieren!

Und wer weiß?

Vielleicht bietet sich morgen Nacht im Schutz der Dunkelheit der richtige Augenblick, um mir zu nehmen, was ich so sehr begehre – Lilly!

Cameron

Mit der Gesamtsituation mehr als unzufrieden, drücke ich das Gaspedal durch und genieße das laute Knurren des Wagens.

Was zur Hölle hat diese Frau nur an sich, dass sie mich so fasziniert?

Es wäre so viel leichter, wenn ich mir einfach eine der Sklavinnen aus dem Club nehmen würde, doch all diese perfekt submissiven Weiber interessieren mich nicht im Geringsten.

Alles was ich will ist Lilly! – Und ich habe sie!

Alleine das Wissen, dass sie ab jetzt zu mir gehört, beschert mir erneut einen Steifen.

Jetzt muss ich mir nur noch überlegen, wie ich das Problem löse, dass sie meine Angestellte ist.

Wie zur Hölle soll ich mich Nacht für Nacht auf meine Arbeit konzentrieren, wenn Lilly keine zehn Meter von meinem Büro entfernt in ihrem sexy Lederoutfit hinter der Bar steht?

Auch ohne mit ihr darüber gesprochen zu haben, weiß ich, dass sie ihren Job nicht aufgeben will. In meinen Augen wäre es die perfekte Lösung, sie anstatt als Thekenkraft als meine Sklavin einzustellen, doch ich weiß jetzt schon, dass sie mir die Augen auskratzen wird, wenn ich ihr das vorschlage.

Fluchend schlage ich mit der Faust auf das Lenkrad und nehme den kürzesten Weg zum ‚Black Palace'.

Es wird Zeit, dass ich meine Aufmerksamkeit meiner Arbeit und nicht dieser sturen Frau widme ...

Lilly

Entspannt wickle ich mir meinen weichen Frottee-Bademantel um den Körper und betrete den kleinen Balkon meines Apartments.

Die laue Nachtluft Miamis streicht über meine nassen Haare. Im Osten färben bereits die ersten Sonnenstrahlen das Schwarz des Nachthimmels mit rosaroten Streifen.

Es wird nicht mehr lange dauern bis die Sonne mit all ihrer Kraft auf uns herabscheint.

Vielleicht sollte ich mir mal wieder einen ganz relaxten Tag am Strand gönnen?

Süchtig nach dem zartschmelzenden Geschmack der Schokolade schiebe ich mir ein weiteres Stückchen in den Mund und lasse es auf der Zunge zergehen – einfach göttlich!

Dank dem Licht der aufgehenden Sonne erkenne ich in den restlichen Schatten der Nacht einen schwarzen Porsche, der sich direkt gegenüber auf der Straße befindet.

Ich weiß nicht genau, warum er meine Aufmerksamkeit auf sich zieht, aber jetzt, wo ich genauer hinsehe, kommt es mir so vor, als würde der Mann, der sich im Inneren des Sportwagens befindet, meinen Blick erwidern.

Wer zur Hölle ist das?

Warum sitzt der Fahrer um diese Uhrzeit in seinem Auto und beobachtet mich?

Konzentriert kneife ich meine Augen zusammen und versuche mehr zu erkennen...

Oh mein Gott! Echt jetzt?! Holy Shit!

Wenn ich mich nicht völlig irre, dann ist das nicht einfach nur irgendein Kerl der mitten in der Nacht in seinem Auto sitzt - sondern Lucifer.

Vor lauter Schreck wäre ich fast an dem Stückchen Schokolade erstickt, das mir bei meinem überraschten Aufschrei in die Luftröhre gerutscht ist.

Was zur Hölle hat er um diese Zeit vor meinem Apartment zu suchen?

Ich glaube keine Sekunde lang, dass es reiner Zufall ist, dass er um diese unchristliche Uhrzeit vor meinem Apartment steht!

Es gibt nur einen logischen Grund, der ihn dazu gebracht haben könnte, so etwas Verrücktes zu tun - er weiß von mir und Cameron...

Irgendwie muss es ihm gelungen sein meine Adresse herauszufinden.

Wie unheimlich....

Doch jetzt wo er mich gefunden hat, frage ich mich, was er hier will?

Automatisch kralle ich meine Finger fester in den weichen Stoff meines Bademantels und ziehe den schützenden Stoff noch etwas fester um meine Schultern.

Vielleicht sollte ich einfach so tun als hätte ich ihn nicht erkannt?

Gerade als ich meine vor Schreck zitternden Knie dazu bringen will sich zu bewegen, steigt er aus seinem Porsche aus und lehnt sich selbstsicher gegen seinen Wagen.

Selbst auf diese Entfernung kann ich erkennen, dass sein drohender Blick eine Art Warnung ist.

Was soll ich denn jetzt nur tun?

Natürlich ist mir klar, dass er gedacht hat, dass sich mich ihm hingeben werde. Doch jetzt ist nun mal alles anders gekommen. Hin und wieder nimmt das Leben eben Wendungen, mit denen man nicht rechnet. Und Cameron ist definitiv so eine unvorhersehbare Wendung.

Doch trotz meiner anfänglichen Zweifel denke ich, dass ich erst mal bei Cameron bleiben werde... Ich will ja gar nicht abstreiten, dass mich Lucifer schon sehr reizen würde, doch ich bin keine von den Frauen, die mit zwei Männern gleichzeitig schläft.

Ich weiß nicht, wie die Zukunft aussieht, aber jetzt im Augenblick bin ich nicht bereit für Lucifer. Dieser Mann hat es schon immer geschafft mich zu erregen und zugleich zu verängstigen....

Meine weibliche Intuition rät mir, dass es sicherer ist, die Welt des BDSM an Camerons Seite zu erforschen.

Noch immer in seinem Blick gefangen durchläuft ein unheimlicher Schauer meinen Körper. Regungslos lehnt er an seinem Auto und fesselt mich an seinen Blick.

Verängstigt rast mein Herz durch meinen Brustkorb, meine Handflächen werden schwitzig und meine Atmung wird immer schneller.
Selbst auf diese Entfernung und trotz der Tatsache, dass ich mich in der Sicherheit meines Zuhauses befinde, schafft es Lucifer, mich zu ängstigen.
In meinem Kopf herrscht eine wilde Debatte darüber, ob ich jetzt einfach stehen bleiben, oder wieder reingehen soll.
Schlussendlich siegt die Stimme, die mein Unterbewusstsein laut anbrüllt, dass ich mich schleunigst unter meiner Bettdecke verstecken soll.
Ruckartig bewege ich meinen Kopf, unterbreche unseren Blickkontakt und eile in mein Wohnzimmer. Bis jetzt habe ich mich immer gefragt, warum meine Balkontüre hier oben in dritten Stock von innen abschließbar ist, doch heute bin ich heilfroh darüber. Mit zitternden Fingern drehe ich den kleinen silbernen Schlüssel rum und ziehe meine Vorhänge zu.
Der unheimliche Drang sofort Cameron anzurufen und ihm von dem unheimlichen Umstand, dass Lucifer vor meinem Apartment steht, zu erzählen wird beinahe übermächtig. Doch ich unterrücke den Impuls bei ihm Schutz zu suchen und gehe auf wackeligen Beinen in mein Bett.
Es fällt mir eh schon schwer, mit Camerons besitzergreifendem Verhalten klarzukommen. Da muss ich diesen Wesenszug nicht auch noch fördern indem ich ihn wie ein verängstigtes Mädchen anrufe.
Verdammich....
Ich bin eine erwachsene Frau und kein Angsthase, ich werde es wohl schaffen, einfach in mein Bett zu gehen und alle Männer aus meinen Gedanken zu verbannen...
Müde kuschle ich mich unter meine Decke, schlinge meine Arme um das Kopfkissen und schließe meine Augen.
Das mit dem „ins Bett gehen“ hat also schon mal geklappt - nur das mit dem „alle Männer aus meinen Gedanken verbannen“, ist gescheitert, denn mein letzter Gedanke gilt Cameron und seinen geschickten Fingern ...

8. Kapitel

Dunkle Schatten

Cameron

Zufrieden lehne ich mich in meinem Sessel zurück und lasse meine Fingerknöchel knacksen. Nachdem ich in Rekordzeit den Stapel Unterlagen, der vor mir auf meinem Schreibtisch liegt, abgearbeitet habe, steht es mir nun frei, mir den restlichen Abend weitestgehend frei zu nehmen.

Nach einem prüfenden Blick auf die Wanduhr, weiß ich, dass es noch knapp zwei Stunden dauert, bis Lilly ihre Schicht antritt. Doch was mein Wildkätzchen noch nicht ahnt, ist, dass sie heute nicht hinter der Bar stehen, sondern den sinnlichen Kuss der Gerte kennenlernen wird.

Leise fluchend verjage ich die Bilder von einer gefesselten, vor Lust schreienden Lilly aus meinem Kopf, richte meinen erigierten Penis etwas angenehmer hin und stehe auf.

Irgendwie muss es mir gelingen, meine Besitzgier etwas abzumildern, ansonsten wird es nicht lange dauern, bis ich meinen Verstand verliere...

Lilly

Als ich das erste Mal vor knapp einer Stunde meine Augen geöffnet habe, konnte ich mich noch nicht dazu durchringen, wirklich aufzustehen.

Jeder meiner Muskeln fühlt sich an wie Wackelpudding, mein Hintern schmerzt und meine Sinne fühlen sich an wie betäubt.

Wer hätte gedacht, dass heißer Sex inklusive brennender Pobacken so verdammt anstrengend ist?

Erschöpft blinzle ich gegen das viel zu helle Tageslicht an und schiebe mir die Arme vor die Augen.

Ich stehe heute nicht auf... heute dreht sich die Welt mal eine Runde ohne mich!

Gähnend versuche ich mich dazu zu motivieren aus dem Bett zu krabbeln.

Verdammt! Es ist mittlerweile 16:57 Uhr. Ich habe den kompletten Tag verschlafen.

Wie Cameron wohl reagieren würde, wenn ich heute einfach nicht auftauche?
Wahrscheinlich würde es keine Stunde dauern bis er wütend und mit juckender Handfläche vor meiner Apartmenttüre stehen würde.
Und trotz der Tatsache, dass ich diese Vorstellung, auf verrückte Art und Weise ziemlich verlockend finde, weiß ich nicht, ob ich wirklich schon dazu bereit bin, mich ihm erneut hinzugegen. Alleine die Vorstellung, auch nur einen weiteren Schlag auf meinen wunden Po zu bekommen, lässt mich schmerzhaft zusammenzucken.
So geil das gestern auch alles war – aber heute Nacht braucht mein armer Arsch definitiv eine Pause!
Meine Müdigkeit ist nicht der einzige Grund aus dem ich nicht ins ‚Black Palace' will. Nach Lucifers unheimlicher Aktion gestern weiß ich nicht, wie ich mich ihm gegenüber verhalten soll!?
Ich weiß nicht, ob ich die Tatsache, dass er gestern Nacht vor meinem Balkon stand und mich beobachtet hat, einfach ignorieren oder direkt ansprechen soll.
Oh Gott, was für ein Chaos...
Ich hätte einfach nur meiner Arbeit nachgehen sollen und alle anwesenden Männer ignorieren sollen – dann würde ich mich jetzt nicht in dieser Zwickmühle befinden.
Doch wenn ich dieses Risiko letzte Nacht nicht eingegangen wäre, dann hätte ich nie herausgefunden, wie unfassbar erotisch es sein kann, von einem Mann unterworfen zu werden!
Mein Gedankenchaos wird immer wirrer und ich stöhne leise, als ich das verräterische Pochen hinter meiner Schläfe spüre... *na ganz toll...* jetzt bekomme ich auch noch Kopfschmerzen.

Unentschlossen, was ich jetzt tun soll, versuche ich, meine Augen an die Sonnenstrahlen, die durch mein geöffnetes Fenster scheinen, zu gewöhnen. Wenn ich jetzt nicht bald aufstehe, komme ich ganz genau wie gestern zu spät. Und welche Konsequenzen das für mich hatte, spüre ich noch immer deutlichst!

Lucifer

Mein Interesse an Lilly hat in der vergangenen Nacht eine gewaltige Steigerung erfahren. Und alleine die Tatsache, dass ich schon wieder vor ihrem Apartment stehe und ihr Haus beobachte, ist der beste Beweis dafür, dass diese Frau zu meiner Besessenheit geworden ist!

Alleine das Wissen, dass sie heute Nacht wieder ins ‚Black Palace' fährt und sich dort Cameron hingeben wird, lässt mich rot sehen.

Vor meinem Sichtfeld beginnen grelle Punkte zu tanzen, in meinen Ohren pocht es verdächtig, jeder noch so kleine Muskel in meinem Körper spannt sich an – bereit, alles und jeden zu vernichten, der sich an *meiner* Lilly vergreift!

Holy Fuck!

Was zum Henker hat diese Frau nur an sich, dass sie mir nicht mehr aus dem Kopf geht?

Liegt es daran, dass Cameron sie mir weggeschnappt hat?

Hat er dadurch meinen Jagdinstinkt gereizt und damit diese Gier ausgelöst?

Ich weiß es nicht!

Alles was ich weiß ist, dass ich diese Frau besitzen muss!

Ich muss ihr mein Zeichen verpassen, sie kosten und so lange ficken, bis sie keinen einzigen Gedanken mehr an einen anderen Mann verschwendet!

Bis jetzt hat Lilly ihr Apartment nicht verlassen – die perfekte Gelegenheit für mich, sie mir genau jetzt zu schnappen.

Wenn sie erst das Haus verlässt und in ihr Auto steigt, wird es verdammt schwer für mich, sie daran zu hindern zum ‚Black Palace' zu fahren, aber wenn ich sie mir jetzt schnappe, verhindere ich dadurch, dass sie sich diese Nacht wieder diesem Wichser Cameron hingibt.

Pure Vorfreude rauscht durch meine Adern und lässt mich erbeben.

Zwar war es nicht geplant, sie schon heute Nacht zu entführen. Doch ich bin vorbereitet.

In meinem Kofferraum befindet sich alles, was ich brauche. Selbstsicher und ruhig öffne ich ihn, schnappe mir das Klebeband und die kleine Flasche Chloroform, die ich mir vor einer Stunde in der Apotheke besorgt habe...

Das Letzte, was ich will, ist Lilly zu verängstigen – doch es wird dauern, bis sie endlich einsieht, dass sie zu mir gehört.

Vielleicht ist es meine Schuld?

Vielleicht hätte ich sie mir schon viel früher schnappen sollen. Ich habe ihr zu viel Zeit gelassen und den geeigneten Augenblick verstreichen lassen....

Doch das macht nichts – denn jetzt bin ich ja hier, um diesen Fehler wieder zu berichtigen.

Mit wenigen großen Schritten überquere ich die Straße, drücke mehrere Klingeln und hoffe darauf, dass ein viel zu gutmütiger Nachbar, ohne sich über die Sprechanlage zu erkundigen, wer rein will, den Summer betätigt und mir somit die Türe öffnet.

Und ich habe Glück. Ich muss keine Minute warten, da werde ich auch schon reingelassen. Zielsicher bleibe ich vor Lillys Apartmenttüre stehen, gebe etwas Chloroform auf ein Taschentuch und hole mein Werkzeug aus der Hosentasche. Nach einem prüfenden Blick über meine Schulter beginne ich damit ihre Türe zu knacken.

Gekonnt bewegen sich meine Finger, schieben den Dietrich durch den Kolben des Schlosses und lassen ihre Türe mit einem leisen Schnappen aufspringen – ein Kinderspiel!

Sicherheitshalber bleibe ich eine Sekunde stehen und lausche angestrengt in das Apartment – nichts als Stille!

Es wäre definitiv von Vorteil, wenn Lilly mich erst bemerkt, wenn ich schon direkt hinter ihr stehe und ihr das mit Chloroform getränkte Taschentuch auf Mund und Nase presse.

Leise schiebe ich die Türe weiter auf und betrete ihr Zuhause.

Der Geruch von Vanille und Zitrone strömt mir in die Nase. Neugierig lasse ich meinen Blick durch den Flur gleiten und scanne jedes noch so kleine Detail mit den Augen ab.

Vielleicht verrät mir ja die Einrichtung etwas über die Frau, die mich so sehr in ihren Bann zieht ...

Das leise Rascheln von Stoff verrät mir, dass sie sich im hinteren Zimmer rechts aufhalten muss.

Ob sie sich gerade für die Arbeit im ‚Black Palace' fertig macht?

Alleine das Wissen, dass sie sich in wenigen Minuten auf den Weg zu Cameron machen will, lässt mich vor Zorn leise fluchen.

Nur die Tatsache, dass nicht Cameron sie heute Nacht besitzen wird, sondern ich, lässt mich ruhig bleiben.

Bis jetzt habe ich mir noch keine Gedanken darüber gemacht, wie lange ich Lilly bei mir behalten will. Aber eines weiß ich jetzt schon – meine Gier nach ihr wird nicht so schnell nachlassen! Bei allen Höllen... wenn es sein muss, werde ich sie für immer beanspruchen.

Es liegt ganz alleine an Lilly, wie viele Freiheiten ich ihr zugestehen werde!

Ist sie fügsam und akzeptiert die Tatsache, dass sie ab jetzt zu mir gehört, wird sie es leicht haben. Akzeptiert sie es jedoch nicht....

Durch den Türspalt kann ich erkennen, dass sie sich gerade in ihrem Schlafzimmer befindet. Die weißen Vorhänge bauschen sich leicht im Wind, was bedeutet, dass die großen, bodentiefen Fenster offen stehen.

Ich muss also dafür sorgen, dass sie keine Gelegenheit bekommt, laut zu schreien.
Im Schein der Sonne glänzt ihre Haut beinahe schon golden, ihre langen Haare fallen ihr in Wellen über den zierlichen Rücken. Meine Finger beginnen ungeduldig zu kribbeln.
Ich kann es kaum erwarten, ihr Gewicht in meinen Armen zu spüren, während ich sie nach draußen in mein Auto trage.
Nicht mehr lange und dann wird sie mir gehören!
Bis jetzt ist sie völlig ahnungslos – doch das wird sich gleich ändern!
Reines Adrenalin pulsiert durch meine Venen, lässt meine Instinkte schärfer werden und meinen Herzschlag ruhig und gleichmäßig.

Lilly

Leise vor mich hin summend ziehe ich mich an. Mein Gewissen hat es nicht zugelassen, dass ich mich heute im ‚Black Palace' krank melde.
Es wäre aber auch ziemlich feige, erst mit dem Chef zu bumsen und dann krank zu feiern. Ganz davon abgesehen, bin ich mir ziemlich sicher, dass Cameron mir das nicht durchgehen lassen würde.
Geübt ziehe ich mir die lederne Corsage an und werfe dabei einen prüfenden Blick über meine Schulter.
Irgendwie werde ich seit gestern Nacht das unheimliche Gefühl beobachtet zu werden einfach nicht mehr los...
Doch jedes Mal, wenn ich mich vergewissere, dass ich wirklich alleine bin, komme ich mir dumm vor.
Wer sollte denn schon hier sein? Ich bin zu Hause! Wenn einer bei mir eingebrochen wäre, hätte ich das doch sicherlich gehört.
Davon mal ganz abgesehen, gibt es hier in Miami eine ganze Menge wirklich reiche Leute, bei denen es sich 100 Mal mehr rentieren würde einzubrechen.
Von meiner eigenen Unsicherheit genervt, ziehe ich mich langsam an und versuche, mir vorzustellen, wie das erste Wiedersehen nach der vergangenen Nacht zwischen mir und Cameron ablaufen wird.
Erneut verspüre ich dieses düstere Gefühl, das mir weismachen will, dass ich nicht alleine bin – dass ich beobachtet werde. Doch das ist noch nicht alles, in meinem Bauch breitet sich dieses dekadente Kribbeln aus, das ich immer nur dann spüre, wenn Lucifer in meiner Nähe ist.
Schnell steige ich in den schwarzen Rock und ziehe das Reißverschlussschiffchen nach oben.
Langsam aber sicher wird mir das wirklich zu unheimlich!

Gerade als ich mich fertig angezogen habe und mir sicherheitshalber mein Handy schnappen will, bemerke ich in meinem Augenwinkel einen dunklen Schatten.

Blitzschnell wirble ich um meine eigene Achse, hebe schützend meine Hand und versuche auszumachen, wer oder was da auf mich zukommt.

Panisch öffne ich meine Lippen, versuche zu schreien, doch schon legt sich eine schwere Hand auf meinen Mund ...

Das alles passiert so schnell, dass es mehrere Sekunden braucht, bis ich erkenne, wer mich angreift – Lucifer!

Unsicher, ob ich vor ihm noch mehr Angst haben muss, wie vor einem völlig fremden Eindringling, versuche ich, mich gegen seinen festen Griff zu wehren.

Seine schwere Hand verschwindet für den Bruchteil einer Sekunde und ich schnappe panisch nach Luft .... was soll das? ... was habe ich ihm denn getan?

Noch bevor ich die vielen Fragen, die durch meinen Kopf wirbeln, in Worte fassen kann, presst er ein weißes Taschentuch vor meine Nase und auf meinen Mund. Ein sehr bitterer, unglaublich intensiver Gestank lässt mich beinahe würgen.

Was ist das? Und noch bevor ich kapiere, was hier eigentlich gerade alles passiert, spüre ich, wie mein Körper immer schwerer und schlaffer wird. Es fühlt sich so an als würden meine Gliedmaßen aus Beton bestehen. Meine Lunge krampft sich aufgrund des Sauerstoffmangels zusammen und vor meinen Augen tanzen schwarze Punkte. Zwar kämpfe ich mit all meiner Kraft gegen Lucifer an – ich versuche wirklich wach und bei Bewusstsein zu bleiben, doch es gelingt mir nicht!

Stumm schreiend verliere ich den Kampf gegen die dunklen Schatten, die mich in ein schwarzes Loch ziehen. Und das Letzte, was ich spüre, ist eine zutiefst empfundene Angst, die sich wie ein unnachgiebiger Eisenring um mein Herz legt und sich immer fester zuschnürt.

Hilfe ... ich bin verloren ...

9. Kapitel

Gefrorenes Herz

Lucifer

... sie ist mein ...

Zufrieden spüre ich, wie ihr Körper schlaff in meinen Armen zusammensinkt. Ihr Kopf sackt nach vorne und ihr Atem wird ruhig und gleichmäßig. All die Angst und Panik, die sie in den letzten Sekunden so heftig um ihre Freiheit hat kämpfen lassen, weicht nun aus ihrem Körper.

... sie ist mein....

Vorsichtig hebe ich sie hoch und verlasse mit meiner Beute im Arm das Apartment. Sicherheitshalber verschließe ich ihre Türe, damit keinem überfürsorglichen Nachbar auffällt, dass hier etwas komisch sein könnte, und trage sie schnellen Schrittes die Treppen nach unten, über die Straße in meinen Wagen.

Das Glück scheint auf meiner Seite zu sein, denn niemand schenkt mir und der scheinbar schlafenden Frau in meinen Armen, besondere Aufmerksamkeit.

Ein Hoch auf die Gleichgültigkeit des zwanzigsten Jahrhunderts...

Jetzt, wo sich meine Süße in meiner Gewalt befindet, spüre ich eine unglaubliche Ruhe, die sich in mir ausbreitet.

Sobald ich Lilly sicher bei mir zu Hause eingesperrt habe, kann ich endlich damit anfangen, all meine dunklen Fantasien wahr werden zu lassen...

Nachdem ich sie auf den Beifahrersitz gesetzt habe, schnalle ich sie an, damit sie zumindest halbwegs in einer aufrechten Position sitzen bleibt und steige ebenfalls ein.

Bis zu meiner Villa in Virginia Key dauert es knapp dreißig Minuten, dreißig Minuten, die noch ein gewisses Restrisiko beinhalten, ehe ich behaupten kann, meinen Plan völlig komplikationslos umgesetzt zu haben.

Prüfend werfe ich noch einen letzten Blick auf meine schlafende Frau, ehe ich mich voll und ganz auf den Straßenverkehr konzentriere.

Das Letzte, was ich gebrauchen kann, ist, dass mich ein dummer, übereifriger Streifenpolizist wegen überhöhter Geschwindigkeit anhält...

Cameron

Tickend entfernt sich der Uhrzeiger immer weiter von der sechs, doch von meinem Wildkätzchen ist noch immer keine Spur zu sehen.

Wo zur Hölle steckt dieses vermaledeite Weib nur?

Natürlich hat nach letzter Nacht die Möglichkeit bestanden, dass sie die Flucht ergreift, doch mein Instinkt hat mir gesagt, dass Lilly bei mir bleiben wird. Habe ich mich etwa getäuscht? Oder ist ihr etwas passiert?

Wütend ramme ich meine Faust gegen die Wand, meine Haut reißt und Blutstropfen sickern durch die Haut meiner aufgeschürften Fingerknöchel.

Jetzt reicht es!

Ohne auf die vielen verwunderten Blicke zu achten, verlasse ich das ‚Black Palace' und mache mich auf den Weg zu Lilly.

Ich muss einfach wissen, dass es ihr gut geht und dass sie in Sicherheit ist.

Und falls sie doch vor mir geflüchtet ist, muss ich damit anfangen sie einzufangen...

Ich will diese Frau! Und ich werde ihr nicht erlauben mich zu verlassen – niemals!

10. Kapitel

Das perfekte Opfer

Lucifer

In dem Augenblick, in dem sich das vier Meter hohe schwarze Eisentor hinter uns schließt, habe ich es geschafft.

Es ist mir gelungen, Lilly ohne irgendwelche Zwischenfälle in meine Villa zu bringen. Dank meines 2000 Quadratmeter großen Grundstücks bin ich mir sicher, dass niemand bemerken wird, dass sie hier ist.

Nachdem ich meinen Wagen in die Garage gefahren habe, lasse ich meinen Blick in aller Ruhe über meine Beute gleiten.

Ihre zarte Haut, die nur darauf wartet, von mir gezeichnet zu werden, ihre vollen Lippen und der dunkle Kranz ihrer Wimpern – sie ist einfach perfekt.

In meinen Gedanken überschlagen sich all die Fantasien, die mich schon seit Wochen quälen - in jeder einzelnen von ihnen spielt Lilly die Hauptrolle.

Holly Fuck!

Wenn ich gewusst hätte, dass ich sie entführen muss, um sie wahr zu machen, hätte ich gar nicht erst so lange gewartet.

Doch das alles spielt jetzt keine Rolle mehr!

Denn jetzt ist sie hier, jetzt gehört sie mir und ich werde alles in meiner Macht stehende tun, um zu verhindern, dass sie jemals wieder aus meiner Reichweite verschwindet.

Die Wirkung des Chloroforms lässt langsam nach. Lilly seufzt leise, dreht sich auf die Seite und bewegt ihre Finger.

Ich muss mich beeilen. Es wird nicht mehr lange dauern bis sie zu sich kommt. Und bevor sie wach wird, will ich sie noch in ihr Zimmer tragen, das ich extra für sie habe herrichten lassen.

Es ist schon immer wieder aufs Neue faszinierend, welch motivierende Wirkung ein dickes Bündel Dollarscheine hat. Trotz der kurzen Zeit, die ich hatte, um alles für Lillys Ankunft vorzubereiten, habe ich es geschafft, schalldichte Fenster eingebaut zu bekommen. Und selbst die Gitterstäbe vor den zwei großen Fenstern in Lillys zukünftigem Zimmer sind bereits montiert worden.

Falls sich der Handwerker seinen Teil über die Dringlichkeit der doch eher ungewöhnlichen Umbauarbeiten gedacht hat, hat er spätestens bei dem zweiten Bündel Dollarscheine mit dem Denken aufgehört.

Nachdem ich den Code in das Tastenfeld neben der Eingangstüre eingetippt und sie somit geöffnet und zugleich den Alarm deaktiviert habe, gehe ich zurück in die Garage, um mir meine süße Beute zu holen...

Nicht mehr lange und Lilly wird aufwachen und feststellen, dass sie bei mir ist – nicht mehr lange und ich werde ihren Körper erkunden, ihre süße Fotze lecken und ihre lauten Schreie hören.

Bei allen Dämonen.... ich kann es gar nicht erwarten, sie endlich zu kosten.

Cameron

Ungeduldig presse ich meinen Daumen immer und immer wieder auf Lillys Klingel, doch es erfolgt keine Reaktion.

Was zur Hölle ist hier nur los?

Da ihr Auto auf dem Parkplatz steht, muss sie zu Hause sein!

Also warum zum Teufel reagiert sie dann nicht?

Warum, verdammt noch mal, öffnet sie dann nicht ihre verfickte Türe?

Wut und Sorge breiten sich in mir aus, lassen mich rotsehen.

Mein Verstand läuft auf Hochtouren und mein Puls schnellt in die Höhe.

FUCK!

Kann es sein, dass sie die vergangene Nacht bereut?

Will sie mir, indem sie nicht im Club aufgetaucht ist und jetzt die Türe nicht öffnet, mitteilen, dass es vorbei ist?

Also falls das wirklich ihr Plan ist, kennt sie mich wirklich schlecht - ich werde sie nie wieder freigeben!

Ich werde nicht nachgeben oder mich von ihren kindischen Spielchen abschrecken lassen...

Zur Hölle! Was, wenn ihr etwas passiert ist?

Mein Beschützerinstinkt ist kurz davor durchzudrehen. Wütend schlage ich mit der Faust gegen die Türe und fluche laut.

In dem Augenblick, in dem ich mich dazu entscheide, die verfickte Türe einfach einzutreten, hat das Schicksal Erbarmen mit mir. Ein anderer Anwohner des Hauses öffnet die Türe und verlässt das Haus – die perfekte Möglichkeit für mich, um den Apartmentkomplex zu betreten.

Wütend ignoriere ich den Lift und nehme immer drei Stufen auf einmal.

An ihrer Apartmenttüre angekommen lasse ich meine Faust auf das Holz krachen.

„Verflucht, Lilly! Lass diese Spielchen und mach endlich diese verfickte Türe auf!"

Nicht in der Lage meine Wut länger unter Kontrolle zu halten, lasse ich erneut meine Faust auf ihrer Türe landen.

Doch ich habe keinen Erfolg. Die Türe öffnet sich nicht – keine Lilly – nicht mal ein winziges Geräusch, das mir ihre Anwesenheit verraten könnte.

Was, wenn ihr tatsächlich etwas passiert ist?

Zu meiner Rage mischt sich jetzt auch noch bittere Besorgnis.

Heilige Scheiße!

Mein Wildkätzchen gehört noch keine 24 Stunden zu mir und sie hat es dennoch schon geschafft, mein komplettes Leben auf den Kopf zu stellen.

Jede andere Frau könnte mir nach so einer Nummer gestohlen bleiben – doch nicht so Lilly!

Bei ihr ist eher das Gegenteil der Fall!

Alleine die Tatsache, dass sie sich von mir nicht einschüchtern lässt und dass sie ihren eigenen Kopf hat, lässt mein Interesse an ihr erneut in ungesunde Höhen schnellen!

Meine Geduld reißt nach wenigen Sekunden.

Auf jegliche Konsequenzen scheißend, trete ich einen Schritt zurück, winkle mein Knie an und trete mit voller Wucht direkt neben dem Griff gegen die Türe.

Mit einem lauten Krachen zersplittert das Holz, der Kolben des Schlosses gibt unter meiner Kraft nach und die Türe schwingt, begleitet vom Geräusch zersplitternden Holzes, auf.

Tief in meinem Inneren habe ich gehofft, dass hinter der zerstörten Türe eine wütende Lilly steht, die mich lauthals verflucht und mit all ihrem Temperament bereit ist, mir die Augen aus dem Kopf zu kratzen. Doch anstatt meines wütenden Kätzchens empfängt mich nur eine einsame Stille.

All meine Instinkte schlagen Alarm...

Irgendetwas stimmt hier ganz und gar nicht!

Tief einatmend gehe ich von Zimmer zu Zimmer, doch von Lilly fehlt jede Spur.

Natürlich könnte es auch sein, dass sie zu einer Freundin gegangen oder einfach außer Haus ist. Doch ich weiß es besser...

Meine Intuition hat mich noch nie im Stich gelassen!

Rational gehe ich die verschiedenen Szenarien durch und komme immer auf ein und dasselbe Ergebnis: Lucifer!

Es gibt auf dieser Welt nur eine Handvoll Menschen, die wissen, wie Dugan Moreland alias Lucifer tickt. Doch ich bin einer der wenigen, die sich keine Illusionen darüber machen, dass dieser Mann mehr als gefährlich ist.

Bis zu einem gewissen Grad sind Lucifer und ich uns sehr ähnlich...

Wir sind bereit zu kämpfen und nehmen uns immer – absolut immer, was wir wollen!

Und in diesem speziellen Fall wollen wir beide ein und dieselbe Frau.

Fuck! Wenn ich ihn in die Finger bekomme, breche ich ihm sein Genick.

Doch so wütend ich auch auf ihn sein mag, ist mir durchaus bewusst, dass ich, wenn es um Lilly geht, ebenfalls mehr als bereit bin, alle Gesetze dieser Welt zu brechen.

Trotz der Tatsache, dass ich mir zu 100% sicher bin, dass Lucifer mein Mädchen entführt hat, verschwende ich keinen einzigen Gedanken an die Bullen.

Lucifer wusste, dass Lilly zu mir gehört, dass sie mein Eigentum ist, und dennoch hat er es gewagt, Hand an sie zu legen. Ich werde ihm also nicht den Gefallen tun und die Bullen auf seine Fährte hetzen, oh nein, diese Sache werden wir ganz klassisch unter uns regeln. Und wenn wir das tun, wird am Ende nur noch einer von uns übrig bleiben...

Mann gegen Mann – Auge um Auge – Zahn um Zahn – ein Kampf bis in den Tod!

Lilly

Träge strecke ich meine Arme aus, kuschle mich in das weiche Kissen und öffne meine bleischweren Augenlider.

Was ist hier los?

Ich kann mich gar nicht daran erinnern ins Bett gegangen zu sein?!

Es dauert einen kurzen Augenblick, doch dann schlägt die Gewissheit, dass hier irgendetwas ganz und gar nicht stimmt, wie eine Bombe ein!

Erinnerungsfetzen explodieren in meinem Kopf, lassen mich erschaudern.

Das Letzte woran ich mich erinnern kann ist, dass ich mich für die Schicht im ‚Black Palace' angezogen habe...

Mühsam schlucke ich die Panik, die mich langsam aber sicher zu überwältigen droht, herunter. Meine Zunge fühlt sich dick und pelzig an. Meine Kehle ist trocken und mein Verstand wie lahmgelegt.

Was zur Hölle ist hier nur los?

Langsam sickert die Tatsache, dass ich mich in einem völlig fremden Raum befinde und in einem mir gänzlich unbekannten Bett liege, zu mir durch....

Eiskalte Angst lässt mir das Blut in den Adern gefrieren.

Wo zur Hölle bin ich hier?

Vor Angst wie blind versuche ich aus dem Bett zu springen, doch meine Beine scheinen taub zu sein. Es fühlt sich so an, als würde ein tonnenschweres Gewicht auf meinen Schultern lasten.

Eiskalte Panik nimmt mir die Luft zum Atmen... *wie bin ich hierhergekommen?*

Immer panischer wird mir klar, dass ich so richtig in der Scheiße stecke.

Japsend schnappe ich nach Luft, stütze mich mit meinen Händen an der Matratze ab, und versuche aus dem Bett zu kriechen.

Ich muss hier weg – sofort!

Als es mir dann endlich gelingt aufzustehen, beginnt sich der fremde Raum um mich herum zu drehen. Wie ein Kreisel wird er immer schneller, ich beginne zu wanken und spüre, wie sich mein Kreislauf verabschiedet.

Strauchelnd versuche ich mich auf den Beinen zu halten, doch ich schaffe es einfach nicht. Es kommt mir so vor, als wäre ich ganz schrecklich betrunken, aber wie kann das sein?

Gerade als ich mir sicher bin, dass ich falle, spüre ich zwei starke Hände, die mich packen und stützen.

„Cameron?“

Anstatt einer Antwort höre ich ein leises Zischen, so als würde jemand wütend durch die Zähne ausatmen.

Irgendwie wird das hier immer komischer!

Bestimmend werde ich zurück aufs Bett gedrückt, doch das ist der letzte Ort an dem ich sein möchte.

„Cameron?“

Endlich beginnt der Schwindel nachzulassen, die schwarzen Punkte, die bis eben vor meinem Sichtfeld geflimmert haben, lösen sich auf und endlich habe ich die Chance, mir den Raum und den Mann, der mich auf das Bett drückt, genauer zu betrachten.

Ich weiß nicht genau womit ich gerechnet habe, wohl am ehesten mit Cameron. Aber als ich dann Lucifer hinter mir entdecke, kann ich den Schrei, der sich aus meiner Kehle löst, nicht verhindern.

Entsetzt lasse ich mich kraftlos auf das Bett sinken.

„Du?“

Wie kann das sein?

Was soll das?

Wie ist er überhaupt an mich herangekommen und wie bin ich hierhergekommen?

Empört springe ich wieder auf, Adrenalin schießt durch meine Venen, lässt mich erzittern.

„Was zur Hölle denkst du dir eigentlich! Spinnst du?“

Es ist mir völlig egal, dass es höchstwahrscheinlich nicht so besonders schlau ist seinen Entführer anzuschreien und zu beleidigen. Aber scheiß drauf!

Es gibt Momente im Leben, da geht es nicht um vernünftig oder unvernünftig, da geht es einfach nur darum seiner Wut Luft zu machen!

„Setz dich!“

Um ehrlich zu sein, dachte ich, dass Lucifer jetzt wütend auf mich sein wird. Aber seine Stimme ist gefährlich leise, kontrolliert und verflucht angsteinflößend.

Mist!

Wenn er mich angeschrien hätte, hätte ich wahrscheinlich weniger Angst vor ihm gehabt, als jetzt, wo er so trügerisch ruhig ist.

„Ich denke nicht daran mich zu setzen. Ich werde jetzt gehen!“

Mit einem schnellen Schritt stellt er sich direkt vor mich, legt mir seine große Hand auf die Schulter und drückt mich unerbittlich nach unten.

Mir bleibt nichts anders übrig, als mich erneut auf das Bett zu setzen.

„Lass mich verdammt noch mal los!“

Obwohl es mir gelingt meine Stimme selbstsicher klingen zu lassen, habe ich in Wirklichkeit panische Angst.

„Jetzt hör mir mal gut zu, Lilly! Du befindest dich nicht in der Position Forderungen zu stellen. Ich habe dich aus einem ganz einfachen Grund hierher gebracht: Weil ich dich will! Und du wirst dieses Haus erst wieder verlassen, wenn ich mit dir fertig bin!“

Arrogant und mit der unerschütterlichen Selbstsicherheit eines erfahrenen Doms sieht er mir tief in die Augen. Sein Blick ist so eindringlich und intensiv, dass ich es nicht schaffe ihm länger standzuhalten.

Geschlagen senke ich meinen Blick und realisiere langsam aber sicher, dass ich noch tiefer in der Scheiße stecke, als ich es angenommen habe.

Lucifer ist kein durchgeknallter Psychopath, er ist ein verdammt gefährlicher Mann, der alles genau im Griff hat. Und wenn er sagt, dass ich dieses Haus erst verlassen kann, wenn er es mir erlaubt, dann kann ich davon ausgehen, dass er gewisse Sicherheitsmaßnahmen getroffen hat, die mich am Gehen hindern werden.

Wie immer, wenn er mir so nah ist, beginnt mein Körper auf ihn zu reagieren. Selbst jetzt, wo es gar nicht unpassender sein könnte.

„Für die Zeit deines Aufenthalts gibt es gewisse Regeln. Regeln, an die du dich lieber halten solltest. Wenn du sie brichst, werde ich dich bestrafen – hart!"

...Regeln...bestrafen...hart....

Er hat mich entführt und jetzt macht er mich zu seiner Sklavin.

Lieber Gott, hilf mir!

Bevor es dazu gekommen ist, dass ich mich Cameron unterworfen habe, war ich wirklich kurz davor all meine Zweifel zu ignorieren und es mit Lucifer zu versuchen. Doch irgendetwas hat mich davon abgehalten... All meine Instinkte springen in Lucifers Nähe an. Dieser Mann strahlt nicht nur eine unerschütterliche Macht aus, sondern auch eine nicht genauer zu definierende Gefahr, die dafür sorgt, dass sich in seiner Nähe meine Nackenhaare aufstellen.

Cameron ist ja schon ein gefährlicher Mann, aber Lucifer toppt das alles noch um einiges.

Zu meiner tief empfundenen Angst mischt sich ein winziger Hauch von Erregung.

Zusammen ergeben diese beiden Empfindungen einen dekadenten Cocktail, der meine Sinne verrücktspielen lässt.

Lucifer wäre nicht Lucifer, wenn er die Veränderung in meinem Körper nicht sofort bemerken würde.

Ein erneute Panikwelle überrollt mich – ich muss sofort von hier verschwinden!

Mein Verstand weiß, dass ich diesem Mann widerstehen muss, aber mein Körper ist ein mieser Verräter!

Verzweifelt lasse ich meinen Blick über die Einrichtung des Zimmers gleiten, bis er an der Zimmertüre hängen bleibt – mein Fluchtweg!

Lucifer durchschaut mich sofort, legt zwei Finger unter mein Kinn und hebt meinen Kopf an, so dass sich unsere Blicke treffen.

„Versuch gar nicht erst mir zu entkommen! Du hast keine Chance, Kleines! Wenn du es dennoch versuchst, muss ich dich bestrafen! Und wenn ich von einer Strafe rede, dann kannst du dir sicher sein, dass du es nicht genießen wirst!“

Seine dunkle Stimme streicht über meine blank liegenden Nerven – ich glaube ihm jedes Wort.

Doch das bedeutet nicht, dass ich es nicht versuchen werde. Es bedeutet nur, dass ich auf den perfekten Augenblick für meine Flucht warten muss. Ich muss Lucifers Schwachstelle finden, ein Schlupfloch sozusagen – das ist meine einzige Chance.

Ich bin das perfekte Opfer. Ich habe keine Familie, keine entfernten Verwandten und keinen engen Freundeskreis. Und die wenigen Menschen, auf die der Begriff Freunde noch im weitestgehenden Sinne zutrifft, sind es gewohnt dass ich mich zum Teil wochenlang nicht melde. Bis auf Cameron wird mich niemand vermissen, es wird mich niemand suchen.

Wenn ich vom Erdboden verschwinde, wird es also keine groß angelegte Suchaktion geben....

Und noch während ich die deprimierende Tatsache verarbeite, dass es niemanden auf der Welt gibt, dem ich wirklich etwas bedeute, verliert mein Entführer keine Zeit. Langsam nimmt er seine Finger von meinem Kinn, tritt einen Schritt zurück, dreht sich um und setzt sich auf den antiken Stuhl, der sich direkt neben der Türe befindet.

Er sieht aus wie der wahrhaftige Teufel auf seinem Thron.

Wie üblich ist er komplett in Schwarz gekleidet. Seine Kleidung sieht elegant und kostspielig aus, ein Blick reicht aus, um zu wissen, dass dieser Mann Geld und Macht hat und dass man sich lieber nicht mit ihm anlegen sollte...

Groß und kraftvoll dominiert Lucifer mit seiner reinen Anwesenheit den kompletten Raum.

Es spielt keine Rolle, dass ich diesen Mann seit drei Monaten aus dem ‚Black Palace‘ kenne. Ich vergesse keine Sekunde lang, wie verdammt gefährlich er ist. Alleine die Tatsache, dass er mich betäubt und hierhergebracht hat, ist der beste Beweis dafür, dass er es ernst meint und keine Skrupel hat.

„Zieh dich aus!“

Lucifer braucht nur drei Worte, um mich völlig zu schockieren. Natürlich war mir klar, dass er mich nicht entführt hat, um mit mir Karten zu spielen. Aber dennoch ist es verflucht schwer zu akzeptieren, dass ich widerstandslos tun muss was er sagt – zumindest wenn ich die Zeit meiner Gefangenschaft einigermaßen unversehrt überstehen will.

Unsicher und mit wild klopfendem Herzen sehe ich mich im Zimmer um. Die letzten Sonnenstrahlen des Tages färben den Himmel violett ein. Es müsste mittlerweile also knapp 22:00 Uhr sein. Die Aussicht vor den großen Fenstern wird von dicken Gitterstäben gezeichnet. Ich weiß zwar nicht, in welchem Stockwerk wir uns befinden, aber eine Flucht aus dem Fenster ist somit absolut ausgeschlossen.

Es gibt kein Entkommen...

Nervös und mit zitternden Fingern beginne ich damit mich auszuziehen, bittere Tränen brennen in meinen Augenwinkeln und meine Lunge verkrampft sich vor Panik.

Was hat er vor? Wird er mich peitschen?

So sehr mich die Fantasie von einer Session mit einer Gerte erregt, so sehr fürchte ich mich vor dem Biss einer Peitsche. Doch zu meinem Leidwesen bevorzugt das Monster, das mich entführt hat, Peitschen.

Kann es eigentlich noch schlimmer kommen?

Mein einziger Hoffnungsschimmer ist Cameron. So besitzergreifend wie er ist, kann ich mir nicht vorstellen, dass er mein spurloses Verschwinden einfach hinnehmen wird. Er wird mich suchen und mit ein bisschen Glück auch finden!

Lieber Gott, steh mir bei...

11. Kapitel

Erregende Angst

Lucifer

Angespannt beobachte ich Lilly dabei wie sie sich auszieht. In jeder ihrer Bewegungen spiegelt sich ihre Angst und ihr Widerwille.

Alleine die Tatsache, dass sie sich mir am liebsten widersetzen möchte, doch ihre Angst so groß ist, dass sie meinem Befehl dennoch folgt, erregt mich mehr als alles, was ich jemals erlebt habe. Im ‚Black Palace' heißen die devoten Frauen zwar Sklavinnen, doch in Wirklichkeit gibt es in dem SM-Club sehr wohl Grenzen und Regeln, an die wir Master uns halten müssen.

Doch hier und jetzt gehört meine süße Serva nur mir!

Sie ist mir ausgeliefert und es gibt nur die Regeln, die ich aufstelle.

Niemand schreibt mir vor, wie weit ich gehen kann, was ich mit ihr anstellen oder wie hart ich sie peitschen darf.

Gierig lecke ich mir über die Unterlippe, lasse meinen Blick über die vollen Rundungen ihrer nackten Brüste gleiten und versuche mich zu beherrschen.

Holy Shit!

Seit ich sie das erste Mal gesehen habe, stelle ich mir vor, wie sie wohl nackt und schutzlos aussieht. Ich stelle mir seit Wochen vor, wie sie devot vor mir kniet und nur darauf wartet, dass ich ihr meinen Schwanz in die Kehle ramme... und jetzt... wo es beinahe soweit ist, ist die Realität fucking besser als jede meiner Vorstellungen.

Als sie endlich aus ihrem Rock steigt und ihren String nach unten zieht, drehe ich beinahe durch.

Fuck, sie ist einfach wunderschön!

Sanfte Rundungen, eine schmale Taille und einen Apfel-Po. Lilly ist nicht dürr, sie ist kein Wasser trinkendes Salatmäuschen, sie hat Fleisch auf den Hüften und Rundungen, von denen jeder Dom träumt.

Ängstlich versucht sie ihre intimsten Stellen mit den Händen zu verdecken, doch das weiß ich zu verhindern.

„Stell dich aufrecht hin. Hände auf die Oberschenkel."

Zitternd kommt sie meinem Befehl nach, doch auch wenn ihr Körper vor Angst bebt, sieht sie mir herausfordernd in die Augen. Ihre Widerspenstigkeit und ihr Temperament sind das i-Tüpfelchen auf dem Gesamtpaket, das sie für mich darstellt.

Diese Frau ist so unfassbar perfekt, dass es beinahe schon weh tut, sie nicht zu berühren.

Oh ja, es wird mir ein Vergnügen sein, sie zu brechen!

„Senk deinen Blick, kleine Serva!"

Gerade als ich denke, dass sie sich meinem Befehl widersetzen wird, neigt sie ihren Kopf und senkt ihren Blick.

Wie unterwürfig sie doch sein kann....

Bis zu dem Augenblick an dem sie auf gewacht ist, war ich mir nicht sicher, wie weit ich heute schon mit ihr gehen will. Doch jetzt weiß ich, dass ich ihr nicht widerstehen kann. Alleine die Vorstellung, sie heute nicht zu ficken, verursacht mir körperliche Schmerzen.

Ich habe schon viel zu lange darauf gewartet mich endlich in ihr zu versenken!

Mit einer fließenden Bewegung stehe ich auf, gehe auf sie zu und umrunde sie langsam.

Meine Augen scannen jeden Zentimeter ihrer Haut ab, prägen sich jeden Winkel, jede Sommersprosse und jedes Muttermal ein – sie gehört mir – nur mir!

Um sie an meine Berührung zu gewöhnen, streiche ich mit der Spitze meines Zeigefingers über ihren Nacken, lasse sie über die einzelnen Wirbel ihres Rückgrats gleiten und streife über den Ansatz ihres Pos.

Einfach wunderschön....

Schlagartig reicht es mir nicht mehr sie nur zu betrachten - ich muss sie endlich besitzen!

„Auf die Knie!"

Lilly reagiert sofort und sinkt anmutig vor mir auf den Boden.

„Spreiz deine Beine."

Erneut befolgt sie meinen Befehl, doch das reicht mir noch nicht. Ich will alles von ihr sehen können, einfach alles!

„Weiter!"

Jetzt sitzt sie mit weit geöffneten Schenkeln vor mir und die weichen Falten ihrer Pussy sind meinen eindringlichen Blicken schutzlos ausgeliefert.

„Verschränk deine Hände auf dem Rücken. Lass sie dort! Wenn du sie bewegst, werde ich sie dir für die nächsten zwölf Stunden auf dem Rücken festbinden!"

Zufrieden beobachte ich meine kleine Serva dabei, wie sie hart schluckt. Langsam legt sie sich die Hände auf den Rücken und verschränkt die Finger miteinander.

In dieser Position streckt sie ihren Rücken durch, ihre Brüste wölben sich nach vorne, warten nur darauf, von mir berührt zu werden.

Zufrieden umrunde ich sie weiter, bleibe direkt vor ihr stehen und öffne langsam meine Hose.

Fuck! Ich bin so erleichtert, dass sich Lilly so brav an meine Befehle hält. Es wäre nicht besonders vertrauensfördernd gewesen, wenn ich sie gleich am ersten Tag wegen Ungehorsams hätte auspeitschen müssen.

Cameron

Knapp eine Stunde und viele eingelöste Gefallen später weiß ich nicht nur, dass Dugan Moreland mehrere Villen in der Nähe besitzt, sondern auch, in welcher er sich gerade aufhält. Einer meiner besten Freunde, Fox Cooper, ist der Inhaber der größten Sicherheitsfirma des Landes. Und zu meinem großen Glück ist seine Firma auch für die Sicherheit der Villen von Lucifer zuständig.

Dank Fox weiß ich nun, wie ich den Alarm ausschalten und das Grundstück unbemerkt betreten kann.

Jetzt, wo ich von Fox die Informationen habe, sind die Chancen, dass ich Lilly möglichst schnell und unversehrt zurückbekomme, gewaltig gestiegen.

Jetzt liegt es nur noch an mir, einen geeigneten Plan zu schmieden, meine Waffe aus dem ‚Black Palace' abzuholen und mich auf den Weg zu Lucifers Villa, die in Miamis Stadtteil Virginia Key liegt zu machen.

Und bei Gott.... wenn ich diesen Wichser erst mal in die Finger bekomme, kann ich nicht garantieren, dass er das Zusammentreffen mit mir überleben wird.

Wo zur Hölle kommen wir denn da hin, wenn sich ein Mann einfach die Frau stehlen lässt?

Lilly gehört zu mir, sie ist mein Besitz, mein Eigentum und es liegt an mir sie zu beschützen und für sie zu sorgen! Ich kann nicht zulassen, dass es sich rumspricht, dass ich mir die Frau habe stehlen lassen. In meiner Welt herrschen andere Regeln - in meiner Welt gilt das Recht des Stärkeren.

Ein Mann, der nicht stark genug ist, die Seinen zu schützen, landet früher in einem dunklen Erdloch, als er das Wort Sensenmann buchstabieren kann!

Alleine das Wissen, dass Lucifer jetzt in diesem Augenblick gerade meine Frau ficken könnte, lässt mich so wütend werden, dass ich diesem Arschloch bei lebendigem Leib den Kopf abreißen möchte.

Ich habe keine Zeit zu verlieren. Jede Sekunde, in der sich Lilly in der Gewalt dieses Arschlochs befindet, ist eine zu viel.

Vielleicht sollte ich Alexej und Sergej mitnehmen?

Dank ihrer Vergangenheit verfügen die beiden über gewisse Fähigkeiten, die mir in dieser Nacht noch verdammt nützlich sein könnten...

Und während ich meinen Plan bis ins letzte Detail perfektioniere, kann ich nur an eines denken – Lilly!

Lilly

Der weiche Teppich reibt über meine Knie.

Nackt und mit weit gespreizten Beinen knie ich vor Lucifer auf dem Boden. Donnernd galoppiert mein Herz so wild durch meinen Brustkorb, dass ich es gegen meine Rippen schlagen fühle.

Ich bin verloren – völlig verloren!

Jetzt in diesem Augenblick spielt es keine Rolle, ob Cameron mich sucht, oder ob Lucifer mich begehrt. Denn ich habe weitaus schlimmere Probleme...

Denn trotz der Tatsache, dass mich Lucifer entführt und somit ganz klar gegen meinen Willen hierhergebracht hat, reagiert mein Körper instinktiv auf seine Dominanz.

Bittere Angst schleicht durch meine Venen, vermischt sich mit der dekadenten Erregung, die sich verbotenerweise in mir ausbreitet.

Irgendetwas stimmt doch nicht mit mir?

Wie kann es sein, dass es mich so sehr erregt von ihm kontrolliert und unterworfen zu werden?

Alleine die Tatsache, dass ich ihm auf Gedeih und Verderb ausgeliefert bin, sorgt dafür, dass ich feucht werde.

Mein verräterischer Körper sehnt sich nach seiner Kraft, nach seinen Fingern und nach dem Gefühl unterworfen zu werden...

Mit der jetzigen Situation völlig überfordert bleibe ich einfach stumm und warte ab, was er geplant hat.

Groß und kraftvoll positioniert er sich vor mir und öffnet langsam seine Hose.

In wenigen Sekunden wird er meinen Mund ficken, sich in meine Kehle rammen und erwarten, dass ich ihm einen blase. Lucifer wird wollen, dass ich meine Lippen um seinen Schafft schließe, dass ich mich ihm hingebe und mich nicht gegen ihn wehre – ich kann nur hoffen, dass ich ihm gewachsen bin.

Vor knapp 24 Stunden habe ich in einer ähnlichen Situation vor Cameron gekniet, doch das war etwas komplett anderes. Denn obwohl er nicht gerade sanft mit mir war, habe ich es dennoch freiwillig getan und es sehr genossen.

Es hat sich verdammt gut angefühlt, von Cameron benutzt zu werden.

Ob es jetzt mit Lucifer genauso sein wird?

Am liebsten würde ich meinen Kopf heben und Lucifer ins Gesicht sehen. Vielleicht könnte mir der Ausdruck in seinen Augen dabei helfen mich zu beruhigen?

Ich wusste schon immer, dass es in der Welt des SM normal ist, dass die Sklavinnen ihren Blick gesenkt halten müssen. Doch mir war nicht klar, wie unfassbar beängstigend es sein kann, den Partner, der einen berührt und benutzt, nicht ansehen zu dürfen.

Was würde ich jetzt für einen kurzen Moment des Blickkontaktes geben....

Ich sehe, wie seine schwarze Hose nach unten rutscht, wie er seinen dicken Schwanz in die Hand nimmt und ihn mit routinierten Bewegungen massiert und pumpt.

Wie gebannt beobachte ich, wie sein Glied immer dicker und härter wird.

Lucifer ist verdammt gut bestückt, mindestens so gut wie Cameron. Und bei dem hatte ich ja gestern schon meine Probleme, ihn komplett in den Mund zu nehmen.

Saftig und dick reckt sich seine Eichel in meine Richtung. Die beachtliche Länge seines Penises ist von dicken Adern überzogen.

Seine muskulösen Oberschenkel zucken ungeduldig, so als könnten sie es gar nicht abwarten, endlich in einen harten, gnadenlosen Rhythmus zu fallen. Lucifers Unterbauch ist straff und perfekt definiert. Unter seiner braunen Haut erkenne ich ganz deutlich die vielen Muskelpakete, die der beste Beweis dafür sind, dass er regelmäßig Sport macht.

Die eiskalte Angst, die sich wie Nebelschwaden über all meine Empfindungen gelegt hat, kann nicht verhindern, dass ich immer erregter werde.

Nervös lecke ich mir über die Lippen, befeuchte sie so, damit er leichter eindringen kann.

„Öffne deine Lippen für mich, kleine Serva!“

Ohne ihn anzusehen, tue ich was er sagt. Gebannt beobachte ich, wie er seine Hüften vorschiebt und seine schwere Eichel auf meine Unterlippe legt.
„Leck an ihm!"
Hungrig züngle ich über den kleinen Schlitz an der Spitze seiner Eichel.
Lucifers herber Geschmack erfüllt meine Sinne, lässt mir das Wasser im Mund zusammenlaufen.
Wehrt dich gegen ihn! Beiß zu! Und lauf!
Mein Unterbewusstsein schreit mich laut an. Es kommt mit der Tatsache, dass ich seine Dominanz genieße, einfach nicht klar.
Vielleicht hat er mich ja mit dem Wissen entführt, dass ich es früher oder später, wenn ich mich ihm erst mal unterworfen habe, genießen werde?
Dieser Gedanke ist so abstrus und verrückt, dass ich ihn sofort beiseiteschiebe!
„Saug ihn in deinen Mund! Ich will, dass du ihn bis zum letzten Millimeter aufnimmst!"
Erschaudernd versuche ich meinen Kiefer zu entspannen, doch das ist gar nicht so leicht, denn Cameron schiebt seine Hüfte immer weiter vor – rammt sich so unerbittlich in meinen Hals. Für eine Sekunde bin ich versucht meine Arme zu bewegen. Ich will meine Hände auf seine Oberschenkel legen und ihn so etwas abbremsen.
Doch ich widerstehe dem Drang. Zu groß ist meine Angst, dass er seine Drohung, sie mir für zwölf Stunden auf den Rücken zu fesseln, wahr macht.

Tiefer und tiefer schiebt er sich in mich. Als mir sein Unterleib immer näher kommt, schließe ich meine Augen und konzentriere mich darauf, nicht zu würgen.
Gerade als ich denke, dass ich wirklich nicht mehr verkraften kann, legt sich seine Hand bestimmend auf meinen Kopf, während sein Becken kraftvoll nach vorne stößt.
Würgend versuche ich meinen Mund etwas weiter zu öffnen, Tränen schießen mir in die Augen und meine Atmung stockt.
Wenn man es mal genauer betrachtet, müsste jetzt eigentlich der Augenblick gekommen sein, an dem ich schreiend davonlaufen sollte. Doch mal ganz abgesehen davon, dass es mir in der derzeitigen Situation unmöglich ist zu schreien, oder gar zu laufen, will ich es auch gar nicht.

Zwischen meinen Schamlippen pulsiert es gierig, meine Nerven glühen und in meinem Bauch hat sich ein dekadenter Mix aus Angst und Lust zu einem köstlichen Gefühlscocktail vermischt.

Lucifer knurrt laut, er beginnt sich in einem stetigen Rhythmus zu bewegen.

Rein – raus – rein – raus.

Unerbittlich nimmt er sich was er will, schiebt sich in meinen Rachen und hält mich mit seiner Hand in Position.

Mit jedem erneuten Stoß fällt es mir leichter seinen Schwanz aufzunehmen. Züngelnd umschmeichle ich seine Länge und presse meine Lippen fester zusammen.

Im Nachhinein betrachtet würde ich sagen, dass ich mich in diesem Augenblick regelrecht verloren habe...

Lucifer hat mich entführt, weil er mich wollte und ich habe mich ihm hingegeben, weil es so oder so keinen anderen Ausweg gegeben hat!

Doch während all der Zeit, die ich da vor ihm gekniet bin, ist die Angst geblieben. Trotz der Lust, die mein Körper empfunden hat, hatte ich Angst!

12. Kapitel

Gefrorenes Herz

Lucifer

Verfluchte Scheiße!

In meinem bisherigen Leben habe ich meinen Schwanz schon zwischen verdammt viele Lippen geschoben. Doch Lillys Mund stellt einfach alles in den Schatten, was ich bisher über das Blasen gewusst habe.

Und jetzt hat sie nicht mal ihre Hände zur Verfügung...

Samtig, rau, heiß, geschickt, eng, wild, hingebungsvoll, tabulos – all diese Adjektive können nicht einmal annähernd beschreiben, was ich gerade fühle.

Puckernd ziehen sich meine Hoden zusammen, mein Glied wird immer härter, während sich all meine Gedanken in Luft auflösen.

Ein heftiges Prickeln rast über meine Wirbelsäule direkt in meinen Schwanz.

Was für ein fucking geiles Erlebnis!

In meinem ganzen Leben bin ich noch nie so verdammt hart gewesen!

Meine kleine Serva gibt sich mir rückhaltlos hin, sie versucht weder mir auszuweichen noch irgendwelche anderen Tricks. Sie hat sich mir komplett unterworfen - alles was im Augenblick für sie zählt ist, meinen Schwanz so tief es geht in ihrer Kehle aufzunehmen und ihn mit ihrer Zunge und ihren Lippen zu massieren....

...meine Göttin...

Nichts! Und wenn ich das so sage, meine ich es auch!

Nichts ist besser als eine devote Frau, die es schafft gegen ihren Würgereflex anzukämpfen.

Es mag für einen kurzen Augenblick zwar ganz lustig sein, eine Frau dabei zu beobachten, wie sie fast an deinem Schwanz erstickt. Doch es ist um einiges besser, wenn du das Gefühl hast, dass du der Frau, die vor dir kniet, den Schwanz bis in ihren verfickten Bauch schieben kannst und sie würde es verdammt noch mal trotzdem genießen...

Mit jedem sanften Zungenschlag, mit jedem leisen Stöhnen und jedem schmatzenden Geräusch verliere ich ein Stückchen mehr von meiner Selbstbeherrschung.

Doch das ist mir egal, alles ist mir egal – alles was in diesem Augenblick noch für mich zählt, ist das Gefühl ihres engen Rachens!

Selbstvergessen ramme ich mich immer härter in ihren Mund, wickle ihre weichen Haare um meine Faust und ziehe sie meinen Stößen entgegen.

Fuck... holy... Fuck... ja,...ganz genau sooooo........!

Scheiß auf die Zurückhaltung – scheiß auf Alles - wenn ich jetzt nicht abspritze, sterbe ich!

Ich muss sehen, wie sie meinen Samen bis auf den letzten Tropfen schluckt!

Und wenn sie das getan hat, will ich, dass sie mich sauber leckt!

Ihre Hingabe berührt mein gefrorenes Herz zutiefst – wer hätte das gedacht?

Lilly

Schub für Schub schlucke ich Lucifers Ejakulat.

Dank seinen harten Stößen prickeln meine Lippen und ich bin mir sicher, dass sie geschwollen sind.

Ich habe es geschafft, ich habe alles getan was er wollte – mit ein bisschen Glück entkomme ich so der Peitsche.

Nachdem er gekommen ist, entzieht er mir seinen Schwanz und hält ihn mir auffordernd vor die Lippen. Ich verstehe sofort, was er von mir will, und reinige ihn mit meiner Zunge.

Als er endlich den schmerzhaften Griff aus meinen Haaren löst, atme ich tief durch. Die Muskeln in meinen Schultern zucken schmerzhaft und ich kann nur hoffen, dass er mir bald erlaubt meine Arme zu bewegen – lange halte ich das nicht mehr aus!

Seine Dominanz mag mich zwar erregen, aber ich vergesse keine Sekunde lang, warum ich ihm gehorche – hier geht es nicht um Vergnügen oder Leidenschaft.

Für mich ist wichtig, dass ich eine Fluchtmöglichkeit finde und dass ich ihn nicht zu sehr reize. Lucifer ist ein sehr gefährlicher Mann und wenn ich mich nicht täusche, ist er nicht nur ein Sadist, sondern auch ein Masochist!

Eine ziemlich gefährliche Kombination für eine Frau in meiner Situation...

Cameron

In Virginia Key angekommen, dauert es nicht lange bis ich Dugans Anwesen gefunden habe.

Der meterhohe Zaun, der das weitläufige Grundstück umrahmt, wird, wie von Fox angekündigt, von modernsten Kameras überwacht.

Das schmiedeeiserne Tor ist alarmgesichert, selbst die sattgrüne Rasenfläche, die in der Gesellschaft von einzelnen Zypressen die Einfahrt säumt, wird von zwei Kameras überwacht.

Ein Mann, der so viel Geld in die Überwachung seines Grundstücks investiert, hat entweder etwas Kostbares in seinem Besitz, oder aber er hat etwas zu verbergen!

In Lucifers Fall trifft beides zu...

Lilly ist ein kostbarer Schatz und ich kann mir durchaus vorstellen, dass er nicht will, dass jemand bemerkt, dass er eine junge Frau gefangen hält!

Im Rückspiegel sehe ich den schwarzen SUV, in dem mir Alexej und Sergej folgen.

Nachdem wir eine Querstraße weiter geparkt haben, mache ich mich daran, Fox' Trick umzusetzen. Der Sicherungskasten für das Überwachungssystem befindet sich auf der östlichen Seite von Lucifers Anwesen.

Wenn ich die Kabel in der Reihenfolge aus dem Sicherungskasten entferne, die mir Fox gesagt hat, müsste sich das komplette System, ohne Alarm zu schlagen, runterfahren.

„Alexej, du überwachst die Einfahrt. Das Letzte, was ich jetzt gebrauchen kann, ist, dass sich der Wichser verpisst!"

Alexej nickt mir nur stumm zu, ehe er sich vor dem Eingangstor postiert.

Alexej und Sergej haben jahrelang für den russischen Geheimdienst gearbeitet.

Sie haben Mütterchen Russland erst verlassen, als es der Kreml nach einer misslungenen Mission plötzlich auf die beiden Brüder abgesehen hatte.

Bei ihrem letzten Auftrag sind die beiden über ein paar sehr heikle Informationen gestolpert, Informationen der Art, die dir das Leben kosten, wenn du sie herausfindest. Die Tatsache, dass sie dennoch am Leben sind, beweist, wie gut die beiden sind.

Für sie ist es ein Leichtes in eine Villa einzudringen, eine Frau zu befreien und ein paar Knochen zu brechen!

Sergej checkt wachsam die Umgebung, während ich Kabel für Kabel das Alarmsystem lahmlege.
Konzentriert rufe ich mir Fox' Worte wieder ins Gedächtnis. Schweißperlen sammeln sich auf meiner Stirn, rinnen über die Schläfen nach unten.
Mit einem leisen Piepen schaltet sich der Alarm ab, das leise Surren des Stromkreislaufes verstummt und ich werfe einen prüfenden Blick auf die Kameras. Die kleinen grünen Lichter neben der Linse sind erloschen – es hat also tatsächlich geklappt.
„Alles klar, wir haben freie Bahn!"
Sergej nickt nur kurz, ehe er seine Waffe hervorzieht und das Magazin checkt.
Ich tue es ihm gleich. Mit großen Schritten machen wir uns auf den Weg zu Alexej.
Ab jetzt gibt es kein Zurück mehr!
Die Nacht verscheucht den Tag, die letzten Sonnenstrahlen verschwinden hinter dem Horizont und ich weiß, dass es nicht mehr lange dauern wird, bis es komplett dunkel ist.
Wir werden durch den Vordereingang marschieren, meine Frau suchen und Lucifer sämtliche Knochen brechen. Und wer weiß?
Wenn ich gnädig bin, lasse ich ihn vielleicht sogar am Leben – doch das hängt davon ab, was Lilly alles erleiden musste!

Lilly

Mein Plan scheint aufgegangen zu sein.
Lucifer wirkt ruhig und entspannt, mit ein bisschen Glück lässt er mich jetzt alleine, so dass ich mir eine Strategie zurechtlegen kann.
Vielleicht bietet sich mir ja auch eine spontane Fluchtmöglichkeit?!
„Steh auf!"
Endlich erlaubt er mir mich zu bewegen, meine Knie schmerzen und meine Schultern fühlen sich schrecklich taub an.
Wie schaffen das andere Frauen?
Wie machen das nur all die Sklavinnen im ‚Black Palace'?
Auf wackeligen Beinen stehe ich auf. Ich weiß nicht, womit er mich betäubt hat, aber das Zeug sorgt noch immer dafür, dass ich mich nicht ganz fit fühle.
Erschöpft bleibe ich stehen und hebe leicht meinen Blick an.
Trotz der Tatsache, dass mich das eben Erlebte erregt hat, will ich einfach nur weg hier!

Lucifer zieht seine Hose wieder hoch, schließt seinen Gürtel und dreht mir den Rücken zu.

Hastig lasse ich meinen Blick durch den Raum gleiten, vielleicht finde ich ja irgendeinen Gegenstand, mit dem ich ihn K.O. schlagen kann. Doch selbst wenn ich etwas Geeignetes finde, muss es mir erst mal gelingen, es ihm so kraftvoll auf den Kopf zu schlagen, dass er das Bewusstsein verliert.

Und das schaffe ich nie!

Lucifer ist ein verdammt großer, kraftvoller Mann, wie soll ich es schaffen ihn auszuschalten?

Mir ist durchaus bewusst, dass ich Lucifer die letzten Wochen falsche Hoffnungen gemacht habe. Aber woher sollte ich denn wissen, wie sich das alles entwickelt??

Nacht für Nacht habe ich mir vorgestellt mit Lucifer in einen der privaten Räume zu gehen. Doch dann kam Cameron und ab da verlief alles ganz anders als geplant.

Aber das ist doch noch lange kein Grund, mich zu entführen!

Ist das Lucifers Rechtfertigung für sein Verhalten?

Vielleicht sollte ich mich einfach bei ihm entschuldigen?

Wenn es mir gelingt ihm zu erklären, warum alles so gekommen ist, wie es jetzt ist; vielleicht versteht er dann, dass ich ihn wirklich nicht verarschen wollte?!

Unsicher lasse ich meinen Blick zum ersten Mal wirklich gründlich über jedes noch so kleine Detail des Zimmers gleiten. Und was ich sehe, lässt mir das Blut in den Adern gefrieren.

Die Möbel sind wunderschön, sie schreien regelrecht vor Reichtum und Dekadenz.

Genau genommen ist einfach alles in diesem Zimmer wunderschön.

Es könnte aus einem der vielen teuren Inneneinrichtungs-Magazinen sein...

Doch der Grund, warum mir das Blut in den Adern gefriert, ist auch nicht die Inneneinrichtung, sondern die vielen Details, die in so einem perfekten, wundervollen Zimmer nichts zu suchen haben. Wie zum Beispiel das lange schwarze Seil, das sorgfältig zusammengerollt auf dem weißen Nachttisch liegt. Oder die dicken Eisenringe, die in die Wand eingelassen worden sind. Ganz zu schweigen von den Gitterstäben vor den Fenstern und den Ledermanschetten am Kopfende des Bettes.

Auf dem kleinen Beistelltisch, der unter dem linken Fenster steht, befindet sich eine Tube Gleitgel, mehrere verflucht große Dildos und ein Ballknebel.

Ich schlucke schwer, meine Finger werden vor Angst schwizig und meine Nerven liegen blank.

Oh mein Gott...

Lucifer hat ganz offensichtlich vor, mich über einen längeren Zeitraum gefangen zu halten.

Ich muss hier schnellstens weg!

Es muss mir einfach irgendwie gelingen zu flüchten!

Ich muss ihn irgendwie aus dem Zimmer locken – ich muss schaffen, dass er mich aus den Augen lässt, und zwar ohne dass er mich irgendwie fesselt oder fixiert.

Fieberhaft denke ich nach, bis mir endlich eine Idee kommt.

Ich muss so tun, als würde es mir nicht gut gehen.

Nehmen wir mal an ich würde einen Kreislaufkollaps vortäuschen....

Was ja nach einer Entführung durchaus möglich ist!

.... dann muss er mich kurz alleine lassen, um mir ein Glas Wasser oder so etwas zu holen. Und das ist dann meine Chance!

Wenn ich doch nur wüsste, wo ich mich befinde?

Wo die Haustüre ist, oder wie ich ganz schnell aus seiner Reichweite entkommen kann?

FUCK! Ich weiß ja nicht mal, ob wir uns noch in Miami befinden?!

Lucifer könnte mich, während ich bewusstlos gewesen bin, bis ans Ende der Welt gebracht haben. Doch das ist, genauer betrachtet, eher unwahrscheinlich...

Schließlich geht jetzt erst die Sonne unter, es können also maximal vier Stunden vergangen sein....

Ich denke eher, dass wir uns in irgendeinem Nobelviertel von Miami befinden.

Was bedeutet, dass ich es einfach nur bis zur nächsten Polizeistation oder bis zu Cameron schaffen muss....

Fest entschlossen meinen Plan sofort in die Realität umzusetzen, seufze ich leise, so dass sich Lucifer zu mir umdreht, taumle ein paar Schritte zurück und wanke gekonnt.

Da ich noch nie einen Kreislaufkollaps hatte, muss ich improvisieren.

Wenn ich doch nur keine so schlechte Schauspielerin wäre...

Ohne zu zögern kippe ich einfach um und schaffe es tatsächlich ohne mich abzustützen auf den Boden zu stürzen.

Autsch.... Shit! Tut das weh....

Wie erhofft reagiert Lucifer sofort.

Fluchend dreht er sich zu mir um, stürzt auf mich zu und hebt mich vom Boden auf.

„Lilly! Lilly?“

Die echte Sorge, die in seiner Stimme mitschwingt, ruft mein schlechtes Gewissen auf den Plan. Doch das ist hier nun wirklich völlig fehl am Platz. Der einzige, der hier ein schlechtes Gewissen haben sollte, ist der Mann, der mich mit seinen quecksilberfarbenen Augen besorgt ansieht.

Vorsichtig hebt er mich hoch und legt mich fürsorglich auf das weiche Bett.

„... mir ist so.... so... schwindelig!“

Innerlich klopfe ich mir selber auf die Schulter, weil es mir gelungen ist, meine Stimme so schwach klingen zu lassen.

Es wird Zeit für die Frage aller Fragen. Wenn es mir gelingt, ihn für ein paar Minuten los zu werden, kann ich endlich versuchen einen Weg aus diesem Haus zu finden!

Leise keuchend, bewege ich mich etwas, kneife meine Augen zusammen und verziehe mein Gesicht.

„...Kannst du mir ein Wasser holen?“

Lucifer sieht mich prüfend an, ihm scheint der Gedanke, mich aus den Augen zu lassen, nicht so gut zu gefallen.

Gerade als ich denke, dass mein genialer Plan scheitern wird, flucht er leise, streicht mir mit seiner Hand kurz über die Stirn und eilt aus dem Raum.

Mein Entführer scheint also doch ein Gewissen zu haben....

Stumm zähle ich bis zehn, springe aus dem Bett und ignoriere die Tatsache, dass ich komplett nackt bin. Entweder ich versuche jetzt nackt zu entkommen oder ich verplempere meine Zeit damit mich anzuziehen...

Ich entscheide mich für die nackt-aber-frei-Option und laufe los.

So schnell ich kann durchquere ich das Zimmer, renne den langen Flur entlang und stürze die breite Holztreppe nach unten. Jetzt befinde mich in einer Art Aula. Panisch drehe ich mich um meine eigene Achse ... wo ist nur diese verdammte Haustüre?

Mein Puls dröhnt unnatürlich laut in meinen Ohren, reines Adrenalin schießt durch meine Venen, lässt mich laut keuchen.

Mir bleiben nur noch wenige Augenblicke, bis Lucifer feststellen wird, dass ich ihn reingelegt habe, und ich habe verflucht noch mal keine Ahnung, wo dieser Scheißausgang ist!

Über meine eigenen Füße stolpernd laufe ich weiter, renne über den eiskalten Marmorboden und entdecke wenige Meter vor mir entfernt eine dicke, sehr massiv wirkende Holztüre – das muss die Haustüre sein!

So schnell ich kann renne ich weiter, ignoriere das fiese Seitenstechen, das sich in meiner linken Seite ausbreitet und greife nach der Klinke....

„Du kleines Miststück!“

Lucifers laute Stimme dröhnt durch das ganze Haus.

Scheiße, er hat mich!

Verzweifelt versuche ich, es noch aus der Türe zu schaffen, doch seine große Hand legt sich gegen das schwere Holz und presst sie wieder zu.

Seine Finger graben sich schmerzhaft in meinen Arm, ziehen mich vom ersehnten Ausgang weg, zurück in das Innere des Hauses...

Kreischend wehre ich mich gegen ihn, trete, zwicke und beiße – doch ich habe keine Chance gegen einen zwei Meter großen Mann!

Genauso gut könnte ich versuchen einen Baum mit meinem kleinen Finger zu fällen: unmöglich!

Ich schreie so laut ich kann, was Lucifer dazu bringt, mir seine Hand auf den Mund zu legen.

„Das wirst du mir büßen!“

Panisch versuche ich nach Luft zu schnappen, seine Hand verdeckt nicht nur meinen Mund, sondern auch meine Nase.

Oh Gott, hilf mir...

Schwarze Punkte flimmern vor meinen Augen, seine Finger graben sich in meine Arme, während er mich erbarmungslos die Treppen raufschiebt.

Was passiert jetzt?

Wird er seine Drohung wahr machen und mich bestrafen?

Bittere Angst legt meinen Verstand lahm, Tränen schießen mir in die Augen, während meine Lunge brennt.

Vielleicht hätte ich nicht versuchen sollen zu flüchten!

Aber was dann?

Ich musste es einfach versuchen!

Doch jetzt muss ich mit den Konsequenzen leben, mit Konsequenzen, die alles andere als leicht zu ertragen sein werden....

13. Kapitel

In letzter Sekunde

Lucifer

Fluchend schiebe ich ihren nackten Körper die Treppen nach oben und frage mich ununterbrochen, wie ich nur so dumm sein konnte, mir echte Sorgen um sie zu machen.

Dieses kleine, verlogene Miststück hat mich getäuscht – schon wieder!

Erst hat sie mich wochenlang glauben lassen, dass die Welt des SM nichts für sie ist, nur um sich dann einem anderen Mann zu unterwerfen.

Holy Fuck!

Nachdem sie sich vorhin so ins Zeug gelegt und mir das Hirn aus dem Kopf geblasen hat, war ich geneigt, sie die restliche Nacht zu schonen.

Doch das kann sie jetzt vergessen!

Jetzt werde ich sie spüren lassen, welche Konsequenzen es hat, wenn sie mich verarscht oder sich nicht an die Regeln hält!

Wenige Sekunden später habe ich mein wehrhaftes Weibsbild zurück in ihr Zimmer gebracht. Weitere dreißig Sekunden später steht sie leicht nach vorne gebeugt über dem Bett. Da sie sich ziemlich gewehrt hat, war es gar nicht so leicht sie zu fixieren – doch es ist mir gelungen.

Gefesselt und wehrlos steht sie still weinend vor mir.

Ihre Angst lässt sie leicht erzittern, ihr Atem kommt keuchend, während eine Gänsehaut ihren Körper überzieht.

Oh ja... sie weiß ganz genau, was jetzt kommt!

Ich genieße den Moment, fördere ihre Angst, indem ich ganz langsam durch den Raum gehe, meine Peitsche aus dem Schrank hole und sie das weiche Leder spüren lasse.

Wie erwartet zuckt sie erschrocken zurück.

„Bitte Lucifer... bitte tu das nicht!“

Schluchzend versucht Lilly sich aus ihren Fesseln zu befreien.

Doch sie hat keine Chance.

Ihre Angst ist Balsam für meine Seele, meine Finger kribbeln ungeduldig - mein Schwanz wird erneut steinhart.

Es wird Zeit meiner Serva zu demonstrieren, dass es besser für sie ist, sich meinen Befehlen zu fügen!

„Bettle ruhig, meine Süße! Schrei so laut du kannst, aber glaube nicht, dass ich Gnade walten lasse!“

Konzentriert schließe ich für einen Augenblick meine Augen, atme tief durch und entrolle den Schwanz der Peitsche.

Endlich habe ich Lilly da wo ich sie will – seit Wochen träume ich davon, ihr mit der Peitsche laute Schreie zu entlocken! Und jetzt wird dieser Traum zur Wirklichkeit!

„Bitte nicht!"

Besitzergreifend lasse ich meine Hand ein letztes Mal über ihren *noch* makellosen Rücken gleiten, verpasse ihrem runden Po einen harten Schlag und bringe mich hinter ihr in Position.

„Lucifer! Nein!"

Lilly schreit immer lauter, die Panik in ihrer Stimme streicht sanft über meine Seele.

Knurrend hole ich aus, lasse das Leder durch die Luft sausen, das zischende Geräusch vermischt sich mit ihrem Schluchzen, ehe die Peitsche auf ihre Haut trifft und sie laut aufschreien lässt.

Der rote Striemen, der nun ihre Haut zeichnet, mag der erste sein, aber definitiv nicht der letzte.

Bis jetzt habe ich zwanzig Schläge geplant, doch wenn sie nicht endlich still hält und sich mir unterwirft, werde ich die Anzahl verdoppeln!

Immer und immer wieder liebkost das Leder der Peitsche ihren Rücken, ihren Po und ihre Oberschenkel. Striemen für Striemen spürt meine Süße, wie schmerzhaft der Kuss einer Peitsche sein kann.

DiePain ist durchdringend und hallt lange nach.....

Lillys Schreie sind zwar erst immer lauter geworden, doch mittlerweile haben sie sich in ein leises Schluchzen gewandelt. Nicht mehr lange und sie wird endlich bereit sein, sich selbst aufzugeben, um mir zu dienen!

Ich will, dass sie bereit ist zu leiden, ich will, dass sie bereit ist den Schmerz zu ertragen, nur um mich glücklich zu machen!

Es wird lange dauern bis sie soweit ist, es wird ein langer Weg – aber sie wird es schaffen!

Da bin ich mir sicher – immerhin werde ich ihr auch keine andere Wahl lassen...

Lilly

Es dauert einen Moment bis ich erkenne, dass mir mein Flehen nicht helfen wird.

Ganz im Gegenteil! Ich habe das Gefühl, dass es Lucifer anmacht, wenn ich ihn anbettle, mir nichts zu tun. Er genießt meine Angst und meine Hilflosigkeit ganz genau so sehr, wie ich mich gerade fürchte....

Schluchzend versuche ich meine Hände aus den Schlingen zu befreien – doch vergebens!

Hilflos muss ich stehen bleiben und darauf warten, dass er mich verletzt, dass er mich peitscht und mich demütigt.

Wird es sehr weh tun?

Ich hätte gar nicht erst versuchen sollen zu flüchten!

Aber im Nachhinein ist man leider immer schlauer.

Zitternd versuche ich stark zu bleiben – doch als das Leder der Peitsche zum ersten Mal unnachgiebig auf meinen Rücken trifft, weiß ich, dass ich es nicht schaffen werde, nicht zu schreien.

Schlag für Schlag breitet sich ein unsäglicher Schmerz in mir aus....

Lieber Gott, hilf mir!

Wie kann es sein, dass es manche Frauen genießen, von Lucifer so behandelt zu werden?

Wenn ich hier jemals wieder lebend rauskomme, dann will ich nichts, aber auch gar nichts mehr mit der Welt des SM zu tun haben.

Scheiß auf alle Doms, Master und sonstige Kerle....

Dieses Erlebnis hat mir gezeigt, dass ich einfach keine Serva bin!

Ich liebe es, von Cameron unterworfen zu werden, aber bei einem bestimmten Schmerzensgrad hört der Spaß für mich auf.

Schlag für Schlag breitet sich die reine Agonie in mir aus – ich bin verloren...

Cameron

Im Laufschritt nähern wir uns dem Haus. Jetzt, wo die Nacht über uns hereinbricht, aktivieren sich die von einem Sensor gesteuerten Lampen automatisch und tauchen die Villa in ein sanftes Licht.

An der schweren Holztüre angekommen gebe ich Alexej ein Zeichen, dass ich vorausgehe. Gerade als Sergej das Schloss knacken will, bemerken wir, dass die Türe offen steht...

Was zur Hölle soll das?

Es passt nicht zu Lucifer, seine Türe offenstehen zu lassen!

Ein Mann der so viel Wert auf Sicherheit legt, wird wohl kaum so nachlässig sein und nachts die Eingangstüre offen stehen lassen.

Ob es eine Falle ist?

Ob er weiß, dass wir da sind?

Keine Ahnung!

Irgendetwas scheint hier nicht zu stimmen!

Alles was ich weiß ist, dass ich nicht scheitern werde!

Ich werde erst von hier verschwinden, wenn ich habe, was mir gehört: Lilly!

Noch bevor wir einen Schritt in die Villa gesetzt haben, höre ich einen unheimlich verzweifelt klingenden, schmerzerfüllten Schrei von Lilly!

Bämmmm....

Mehr braucht es nicht, um all meine Sicherungen durchbrennen zu lassen!

Wütend folge ich dem leiser werdenden Schrei, stürze die Treppe rauf und ignoriere die warnenden Rufe von Sergej und Alexej! Es ist mir völlig egal, ob es eine Falle ist und ich mir gleich ein paar Kugeln einfangen werde...

Alles was in diesem Augenblick noch für mich zählt ist die Tatsache, dass ich meine Frau retten muss!

Dugan Moreland ist ein toter Mann!

Oben angekommen höre ich Lillys leises Wimmern.

Doch das ist nicht das einzige Geräusch, das ich wahrnehme. Dank der vielen Jahre als SM-Club-Besitzer erkenne ich sofort das Geräusch einer durch die Luft surrenden Peitsche.

Dieser Wichser wagt es tatsächlich meine Süße zu peitschen?!

Brüllend stürme ich durch die Türe und was ich sehe, lässt mich erschaudern.

Mein Wildkätzchen hängt kraftlos über einem Bett, an ihren Hand- und Fußgelenken ist sie fixiert, so dass sie der Peitsche keinen Zentimeter ausweichen kann.

Ich bin mir sofort sicher, dass dieser kranke Bastard ihr nicht mal ein Safeword zugestanden hat....

Keine fünf Sekunden später erscheinen Alexej und Sergej mit gezückten Waffen hinter mir.

Wenn Lucifer jetzt keine Privatarmee unter dem Bett versteckt hat, ist er erledigt.

„Lass sofort die Peitsche fallen oder ich schieße dir ein Loch in den Kopf!"

Erschrocken sieht mich Lucifer an.

Er hat wohl nicht damit gerechnet, dass es mir gelingen wird, ihn innerhalb von so kurzer Zeit ausfindig zu machen und unbemerkt an seinem Sicherheitssystem vorbei zu kommen!

Lilly zuckt erschrocken zusammen.

Ohne einen weiteren Blick an Dugan zu verschwenden, gehe ich zu meiner Süßen und löse ihre Fesseln. Mit Tränen verschmiertem Gesicht sinkt sie kraftlos auf das Bett.

Dafür wird er sterben....

„*Schhh* meine Süße. Ich bin hier. Ich beschütze dich!"

Als ich das Wort ‚beschütze' ausspreche wird mir schlagartig schlecht.

Denn ganz genau das hätte ich besser tun sollen. Lilly ist seit letzter Nacht meine Frau und mein Besitz. Es war meine Aufgabe als ihr Mann und Dom sie zu beschützen – und ich habe völlig versagt.

Lucifer weiß ganz genau, dass er dieses Spiel verloren hat. Denn er steht einfach nur da und sagt kein Wort. Und das ist auch besser so, denn ich könnte den Klang seiner Stimme jetzt nicht ertragen!

Fürsorglich wickle ich Lilly in die rote seidene Tagesdecke, hebe sie hoch und überreiche sie Sergej. Ohne zu zögern nimmt er meine Frau, damit ich die Hände frei habe, um das zu tun, was notwendig ist....

Knurrend drehe ich mich um, gehe auf Dugan zu, hole aus und verpasse ihm einen gnadenlosen rechten Haken. Zufrieden beobachte ich ihn dabei, wie er kraftlos zu Boden sinkt.

Doch ich bin noch nicht mit ihm fertig – noch lange nicht!

Wütend packe ich ihn an der Schulter, ziehe ihn wieder hoch, nur um ihn erneut mit einem harten Schlag auf den Boden zu schicken.

Immer und immer wieder trifft meine Faust auf sein Gesicht. Erst das knackende Geräusch seiner brechenden Nase lässt mich innehalten.

Fluchend wische ich mir das Blut von meinen Knöcheln, stehe auf und hole mir meine Frau zurück.

Um den Rest sollen sich Alexej und Sergej kümmern...

Selbstverständlich hätte ich auch kein Problem damit, es selber zu tun. Doch ich will einfach nicht, dass Lilly in der Nähe ist und mitbekommt, was jetzt passiert.

Sie hat weiß Gott schon genug durchmachen müssen!

Mit einen schellen Blick gebe ich Alexej zu verstehen, das ich jetzt gehe.

Mit meiner Frau auf dem Arm verlasse ich Dugans Haus und trage sie zu meinem Auto.

Da ich mir sicher bin, dass sie nach diesem traumatisierenden Erlebnis ganz bestimmt nicht ins ‚Black Palace' will, entscheide ich mich kurzerhand dazu, sie mit zu mir nach Hause zu nehmen...

14. Kapitel

Zerstörtes Vertrauen

Lilly

Erschöpft und von Camerons urplötzlichem Auftauchen völlig überwältigt, lasse ich mich von ihm tragen.
Ganz davon abgesehen, dass ich mich bei ihm sicher fühle, habe ich auch einfach nicht mehr die Kraft, selber zu laufen.
Die vergangenen 48 Stunden waren völlig verrückt, überraschend, wunderschön und jetzt zum Ende hin ganz schrecklich. Seit Cameron mich auf dem Personalparkplatz in meinem Auto entdeckt und mit in den Club genommen hat, ist mein Leben völlig aus der Bahn geraten.
Gegen die Sturzflut aus Tränen, die mir über die Wangen laufen, völlig machtlos, versuche ich zumindest das heftige Zittern zu unterdrücken, das mich immer und immer wieder erbeben lässt.
Was Alexej und Sergej jetzt gerade machen?
Was wohl mit Lucifer passieren wird?
Unsicher sehe ich in Camerons Gesicht, ohne stehen zu bleiben erwidert er meinen Blick.
In dem tiefen Sturmblau seiner Augen funkelt etwas Dunkles, etwas Gefährliches und ich weiß, dass Cameron Lucifer liebend gerne getötet hätte.
Sollte ich mich jetzt etwa auch vor Cameron fürchten?
Ist der Mann, der mich gerettet hat, ganz genauso gefährlich wie der Mann, der mich entführt hat?
Ich weiß es nicht! Alles was ich jetzt in diesem Moment weiß, ist, dass ich nirgends lieber wäre, als in den starken Armen, die mich so besitzergreifend halten.
„Hab keine Angst, mein Kätzchen! Ich bin hier, ich lasse nicht zu, dass dir etwas passiert!"
Instinktiv vertraue ich ihm, kuschle mich noch näher an ihn und versuche, die starken Schmerzen auf meinen Rücken zu ertragen.

Wie wird es jetzt weitergehen?
Cameron ist ein Dom, ein Mann, den es sexuell erregt, Frauen zu unterwerfen und ihnen Schmerz zuzufügen!
Nach den traumatisierenden Erlebnissen der letzten Stunden glaube ich nicht, dass ich jemals wieder genug Vertrauen aufbringen kann, mich

einem Mann zu unterwerfen, ganz davon abgesehen, dass alleine das Wort Lustschmerz ausreicht, um mich rotsehen zu lassen.

Bedeutet das, dass ich verloren bin?

Hat die Beziehung von Cameron und mir so überhaupt eine Chance?

Zutiefst erschöpft schließe ich meine Augen und gebe mich der Verzweiflung hin, die sich immer stärker in mir ausbreitet.

Ich weiß nicht was uns das Morgen bringt, aber ich weiß, dass ich heute nicht mehr die Kraft habe an das Morgen zu denken....

15. Kapitel

Schachmatt

Lucifer

Das Leben ist wie ein gigantisches Spiel – das wussten selbst die alten Könige.

Das Schicksal von Dynastien, ja selbst der Aufstieg und der Fall ganzer Königreiche wurden mit einem simplen Spiel entschieden ...

Und ich?

Ich hatte ganz unverhofft meinen Hauptgewinn gefunden.

Ohne zu zögern, habe ich den Verlauf des Spiels geändert, alles auf eine Karte gesetzt und die Regeln gebrochen ...

Jetzt stehe ich hier – es fühlt sich fast so an, als wäre ich eine Schachfigur, als wäre ich der geschlagene König, der nur noch auf seine Enthauptung wartet.

Meine Königin ist weg, alle Bauern sind tot und das Spiel ist verloren ...

Der bittere Schmerz, der durch meine linke Körperhälfte fährt, ist unerträglich. So wie es sich anfühlt, sind mindestens zwei Rippen gebrochen.

Warmes Blut läuft aus meiner Nase, rinnt mir über die Lippen – so fühlt es sich also an, schachmatt gesetzt zu werden.

Ich habe, ohne zu zögern, alles riskiert und, ohne es verhindern zu können, alles verloren. Doch was soll ich sagen?

Lilly war es wert! Ich verspüre keine Reue, ich verspüre keinen Hass.

Alles, was ich bereue, ist, dass mir nicht mehr Zeit mit ihr geblieben ist ...

Cameron

Vorsichtig setze ich Lilly in mein Auto, schnalle sie an und könnte vor Wut, als sie aufgrund der Schmerzen leise wimmert, alles und jeden im Umkreis von hundert Meilen kurz und klein schlagen.

Doch ich unterdrücke meine Wut, atme tief durch und konzentriere mich darauf, meine Süße von hier wegzubringen.

Das Wort ‚Wut‘ beschreibt nicht annähernd, was ich empfinde!

Holy Fuck!

Für das, was da gerade in meinem Inneren los ist, gibt es kein passendes Wort.

Mir ist durchaus bewusst, dass diese Entführung weitreichende Konsequenzen mit sich zieht. Und damit meine ich jetzt nicht die Polizei etc.

Sondern einfach nur, was die schlimmen Erlebnisse mit Lilly angestellt haben. Vor diesem traumatischen Erlebnis war mein Kätzchen eine wundervolle, hingebungsvolle Frau, die sich mir geschenkt, unterworfen und hingegeben hat.

Es hat nur einen Blick in ihre wunderschönen karamellbraunen Augen gebraucht, um zu erkennen, dass sie völlig verstört ist.

Nachdem ich das Auto umrundet habe, steige ich auf der Fahrerseite ein und starte den Motor.

Das letzte Mal, als mein Kätzchen in diesem Auto gesessen ist, habe ich ihre süße Pussy bespielt, ihr einen Befehl erteilt und sie hat ihn nicht befolgt.

Was zur Folge hatte, dass ich ihr am Straßenrand, über die Motorhaube gebeugt, ein hartes Spanking verpasst und sie anschließend so tief gefickt habe, dass ich mich beinahe in ihr verloren habe.

Und obwohl diese Erinnerung noch keine zwei Tage alt ist, kommt sie mir vor wie aus einem anderen Leben.

Es wird eine gewisse Zeit lang dauern, bis Lilly wieder so weit ist, um sich einem Mann anzuvertrauen. Doch das ist okay – denn im Gegensatz zu Lucifer bleibt mir alle Zeit dieser Welt! Natürlich wäre es mir anders lieber, aber das Leben spielt nun mal nach seinen eigenen Regeln.

Jetzt ist das Wichtigste, dass ich Lilly zu mir bringe, dass ich ihre Wunden versorge und ihr eine Schmerztablette gebe. Ich kann nur hoffen, dass ihr ein paar Stunden Schlaf dabei helfen werden, sich zu erholen.

Ihr Körper wirkt so klein und zerbrechlich, sie wirkt schrecklich angespannt und ihr Blick wirkt gehetzt.

Meine Frau ist verletzt, weil ich sie nicht beschützt habe ...

Dieses Wissen nagt an mir, lässt mich beinahe durchdrehen.

Schutzlos sitzt sie nur in die rote Tagesdecke von Lucifers Bett gewickelt neben mir.

Zur Hölle mit all meinen Vorsätzen.

Am liebsten würde ich umdrehen und diesen Wichser kaltmachen!

Doch anstatt meinem Killerinstinkt nachzugeben, werfe ich einen letzten prüfenden Blick auf meine Frau und fahre los.

Jetzt ist nicht der richtige Augenblick für ein Blutbad ...

Äußerlich versuche ich so ruhig wie möglich zu sein, aber innerlich zerreißen mich die vielen verschiedenen Emotionen, die wie Blitze in mein Herz einschlagen, regelrecht.

Nach dem gerade eben Erlebten bin ich nicht bereit, auch nur den Hauch meiner Angst mit meiner Außenwelt zu teilen.

Am liebsten würde ich mich zusammenrollen, mich so klein wie möglich machen und mich vor der ganzen Welt verstecken. Doch das ist leider unmöglich.

Also bleibe ich einfach reglos sitzen, starre geradeaus und realisiere irgendwo in meinem Verstand, dass ich völlig verloren bin.

Um mich zu bedecken, wickle ich die seidene Decke etwas fester um meinen schmerzenden Körper.

Irgendwie möchte ich jetzt zu mir nach Hause – aber irgendwie auch nicht.

Alleine das Wissen, dass Lucifer ganz ohne Probleme und völlig unbemerkt bei mir einbrechen konnte, lässt mich würgen. Er ist bei mir eingebrochen und hat mich mitgenommen, so als wäre ich eine schöne Vase oder irgendein anderer Gegenstand, den man sich einfach so nehmen kann, wenn man ihn will.

Aber ich bin kein Gegenstand! Ich bin verdammt noch mal ich!

Und ich weiß ganz genau, was ich will, ich weiß, was mir guttut und was nicht – zumindest dachte ich das bis gestern.

Jetzt weiß ich einfach gar nichts mehr ...

Weder weiß ich, wohin ich will, noch, wie es in Zukunft weitergehen soll.

Vorsichtig, sodass es Cameron nicht bemerkt, lasse ich meinen Blick über sein markantes Gesicht gleiten, über seine Arme entlang bis zu seinen kraftvollen Händen, die das Lenkrad seines Audis so fest umklammern, als wäre er kurz davor, einen inneren Kampf zu verlieren. Ich weiß, dass es Cameron gerade sehr schwergefallen ist zu gehen. Doch er hat es getan, um mich in Sicherheit zu bringen, und das rechne ich ihm hoch an. Er hat seine eigenen Bedürfnisse, nämlich die, Lucifer umzubringen, ausgeblendet und mein Wohl in den Vordergrund gestellt.

Während jedem einzelnen unerträglichen Peitschenschlag habe ich gehofft, dass Cameron kommen und mich retten wird – und er ist gekommen!

Was das wohl über ihn aussagt?

Ohne den gefährlichen Mann an meiner Seite wäre ich verloren gewesen ...

Alleine die Gewissheit, dass ich ohne Cameron noch immer in Lucifers Gewalt wäre, lässt mich so heftig erbeben, dass meine Zähne laut aufeinanderschlagen.

Cameron bemerkt mein Zittern und die Tränen, die mir in die Augen steigen. Urplötzlich und ohne auf den Verkehr um uns herum zu achten, fährt er laut fluchend an den Straßenrand und lässt das leise Brummen des Motors ersterben.

Was hat er vor?

Seine Wangenmuskulatur zuckt, sein Kiefer ist angespannt.

Ich schlucke schwer, drehe meinen Kopf weiter in seine Richtung und suche seinen Blick.

Der Sturm, der gerade in seinem Inneren tobt, lässt seine Augen wie schwarze Gewitterwolken wirken – alles an diesem Mann ist kraftvoll, stark und bedrohlich.

Und dennoch fürchte ich mich nicht vor ihm. Ganz im Gegenteil!

Am liebsten würde ich mich jetzt abschnallen und auf seinen Schoß klettern. Ich will mich an seinen warmen Oberkörper kuscheln, seine muskulösen Arme um mich herum spüren und mich in Sicherheit fühlen. Doch ich traue mich nicht, diesem Bedürfnis nachzugeben. Viel zu groß ist meine Angst, dass er mich abweisen würde ...

Ein neuer beängstigender Gedanke huscht durch meinen Kopf.

Was ist, wenn Cameron mich jetzt, wo mich Lucifer entführt hatte, nicht mehr will?

Cameron ist ein sehr besitzergreifender Mann. Er hat von Anfang an klargemacht, dass er mich mit niemandem teilen will.

Und dennoch trage ich jetzt, wenn auch unfreiwillig, Lucifers Spuren auf dem Körper ...

Alleine der Gedanke daran, dass Cameron sich tatsächlich gegen mich entscheiden könnte, lässt mein Herz beinahe zum Stillstand kommen.

Lieber Gott, bitte lass das nicht zu!

Ohne unseren Blickkontakt zu unterbrechen, beugt er sich zu mir, schlingt mir seine starken Arme um den Oberkörper und hebt mich auf seinen Schoß.

Vertrauensvoll presse ich mich an ihn – ich kann ihm gar nicht nahe genug sein!

Süchtig nach seinem herben Duft nach Duschgel und Mann, presse ich mein Gesicht an seinen Hals und inhaliere seine Kraft, seinen Geruch und seine Wärme.

Besitzergreifend zieht er mich noch etwas fester an sich, haucht mir einen zärtlichen Kuss auf den Scheitel und raunt mir leise ins Ohr, dass er mich nie wieder aus den Augen lassen wird. Er verspricht mir, dass er zu meinem Schatten wird und mich auf jedem meiner Schritte überwacht und beschützt.

Und genau jetzt in diesem Augenblick erlaube ich ihm einen Blick tief in mein Inneres.

Ich erlaube ihm, in meine Seele zu sehen.

Damit er erkennen kann, wie dringend ich ihn brauche, wie viel mir seine Nähe bedeutet und dass ich bereit bin, mich ihm zu schenken, solange er nur all seine Versprechen wahr macht.

Genau hier, direkt am Straßenrand, wo uns die Scheinwerfer der vorbeifahrenden Autos in unregelmäßigen Abstanden in ihr vergängliches Licht tauchen, spüre ich zum ersten Mal in meinem Leben das primitive Gefühl der Zusammengehörigkeit.

... Ich gehöre zu diesem Mann – ich gehöre ihm – unwiderruflich ...

Die Sekunden vergehen ungezählt, werden zu Minuten und verstreichen in der endlosen Zeit, die wir uns in den Armen halten.

Als ich endlich das Gefühl habe, mich etwas beruhigt zu haben, hebe ich meinen Kopf und hauche Cameron einen sanften Kuss auf den Mund.

„Ohne dich wäre ich verloren gewesen. Ich danke dir!“

Die Gewissheit, dass Lucifer mich für eine verdammt lange Zeit für sich behalten wollte, lässt mich schwer schlucken.

Ich weiß nicht, ob ich genug Kraft gehabt hätte, das durchzustehen?!

„Sieh mich an, Lilly.“

Vertrauensvoll suche ich seinen Blick, knabbere auf meiner Unterlippe und bin gespannt, was er mir sagen will.

„Ich werde dich verdammt noch mal beschützen! Zweifle niemals daran!“

Die feste Entschlossenheit, die in seiner Stimme mitschwingt, erstickt all meine Zweifel im Keim. Cameron ist ein Mann, der zu seinem Wort steht – das weiß ich!

16. Kapitel

Ein Hauch von Schicksal

Cameron

Erleichtert spüre ich, wie meine Süße immer ruhiger wird.

Eigentlich dachte ich, dass sie nach den schrecklichen Erlebnissen erst einmal Abstand braucht, um das alles zu verarbeiten – doch Lilly überrascht mich immer wieder. Anstatt mir aus dem Weg zu gehen, sucht sie regelrecht meine Nähe.

Bisher hatte ich nie das Bedürfnis, eine Frau zu trösten, zu beschützen und für immer zu besitzen. Doch bei Lilly ist das anders – am liebsten würde ich sie für immer bei mir behalten. Ich will sie umsorgen, für ihre Sicherheit sorgen und ihren wundervollen Geruch inhalieren.

Fuck! Was zur Hölle ist nur mit mir los?

Wenn es nach mir ginge, könnte ich sie bis in alle Ewigkeit in den Armen halten ... doch das geht nun mal nicht ...

Jetzt, wo es ihr endlich besser geht, wird es Zeit, dass wir weiterfahren. So intim dieser Augenblick auch gerade sein mag. Es wird Zeit, dass ich meine Süße in die Sicherheit meines Zuhauses bringe.

Jetzt gerade komme ich mir so vor wie ein primitiver Höhlenbewohner, der seine frisch zurückeroberte Beute in seine Höhle verschleppen und vor der restlichen Welt verstecken möchte.

Diese wundervolle, verängstigte und dennoch so vertrauensvolle Frau gehört nur mir – für immer!

Und ich werde einfach alles in meiner Macht Stehende tun, um zu verhindern, dass sie jemals wieder ein anderer Mann berührt, entführt oder für sich beanspruchen möchte.

„Komm schon, Süße, ich bringe dich zu mir nach Hause."

Seufzend richtet sie sich auf, streicht mit ihren kleinen Fingern ein letztes Mal über meine stoppelige Wange und lächelt mich unsicher an.

Meine inneren Dämonen beruhigen sich ebenfalls langsam, wobei es mir nicht gerade hilft, dass ihr süßer kleiner Po auf meinen Schwanz drückt.

Alleine das Wissen, dass sie unter dieser roten Decke komplett nackt ist, sorgt dafür, dass mein Körper instinktiv auf sie reagiert.

Aber jetzt ist nicht der richtige Zeitpunkt, um Lilly sexuell zu bedrängen. Ich werde meine Bedürfnisse in dieser Nacht zurückstellen und mich um sie kümmern.

Vorsichtig hebe ich sie zurück auf den Beifahrersitz, streiche mit meiner Hand über ihre rechte Gesichtshälfte und wundere mich zum gefühlten hundertsten Mal darüber, dass diese kleine Frau es geschafft hat, mich so sehr in ihren Bann zu ziehen.

Bei allen Teufeln!

Ich bin mehr als bereit, für diese Frau zu kämpfen. Für sie würde ich töten – und das alles nur, weil meine Gier nach ihr jegliche Grenzen überschritten hat.

Doch das Verwunderlichste an der Sache ist, dass ich nichts an meinen Gefühlen ändern möchte. Es fühlt sich überraschenderweise fucking gut an, für eine Frau die volle Verantwortung zu übernehmen.

Zum ersten Mal in meinem Leben bin ich bereit für eine feste Bindung.

Fuck ... Ich bin sogar mehr als bereit!

Wenn es um mein süßes Wildkätzchen geht, dann will ich sie mit allen nur möglichen Mitteln an mich binden – unwiderruflich!

Lilly

Erneut hebt er mich auf den Beifahrersitz, während er mich fürsorglich anschnallt, sorgt er dafür, dass die Decke nicht verrutscht.

Das Knurren des Motors durchbricht die Stille, Cameron lenkt den Wagen zurück auf die Straße und gibt Gas.

Zu meiner Erleichterung konzentriert er sich auf den immer dichteren Verkehr und nicht auf mich.

Völlig erschöpft schließe ich meine Augen, lege den Kopf an die Lehne und versuche mir nicht zu viel einzubilden. Doch das ist gar nicht so leicht. Die Art und Weise, wie Cameron mich gerade an seinen Körper gepresst hat, hat mein völlig verängstigtes Herz beruhigt. Seine Nähe berührt meine Seele und ich frage mich, ob ich mir diese Verbindung, die ich zwischen ihm und mir spüre, nach den schrecklichen Erlebnissen mit Lucifer nur einbilde oder ob sie wirklich real ist?!

Die Fahrt zu Camerons Zuhause kommt mir wie eine kleine Ewigkeit vor, und dennoch ist sie zu kurz. Dank Lucifer will ich wirklich nicht alleine in meinem Apartment sein, aber ich weiß auch nicht, ob ich zu Cameron will.

Oh Gott, bin ich verwirrt ...

Der Wolkenkratzer, vor dem Cameron anhält, befindet sich direkt am Miami Beach. Und ich bin mir sicher, dass ich das Meer rauschen hören könnte, wenn ich die Scheibe aufmachen würde.

Gekonnt lenkt er seinen Wagen in die Tiefgarage, parkt ihn neben einem dicken Hummer-Jeep und steigt, ohne ein Wort zu sagen, aus.

Tief in meinem Bauch beginnen sich die Schmetterlinge, die sich immer in Camerons Nähe in meinem Magen ausbreiten, in glühende Lavafunken zu verwandeln, die meine Nervenbahnen entzünden.

Vielleicht sollte ich ihn doch bitten, mich zu mir nach Hause zu bringen?!

Noch bevor ich endlich weiß, was ich wirklich will, steht mein Retter auch schon neben mir. Ganz gentlemanlike hält er mir die Autotüre auf und reicht mir seine Hand, um mir beim Aussteigen behilflich zu sein.

Darauf bedacht, dass mir die Decke nicht von den Schultern rutscht, ergreife ich seine Hand und steige aus. Und während ich mich von Cameron zum Lift führen lasse, spüre ich, wie meine Knie zu zittern beginnen. Die unheimliche Dunkelheit, die in den vielen Winkeln der Tiefgarage nur darauf wartet, sich auf mich zu stürzen, lässt mich erzittern.

Dank der Entführung liegen meine Nerven völlig blank ...

Ohne dass ich es verhindern kann, muss ich an das zischende Geräusch der Peitsche denken, das, immer kurz bevor sich der unerträgliche Schmerz auf meinem Rücken und meinem Po ausgebreitet hat, ertönt ist.

Wie wohl meine Rückseite aussieht?

Cameron wäre nicht Cameron, wenn er nicht sofort bemerken würde, dass es mir wieder etwas schlechter geht. Beschützend zieht er mich an sich, schlingt seinen muskulösen Arm um meine Schultern und steckt seinen Schlüssel in das kleine Schloss neben dem Lift. Nachdem er ihn im Uhrzeigersinn einmal umgedreht hat, tippt er einen Zahlencode in das Tastenfeld und schaltet somit den Lift frei. Ich höre, wie sich der Aufzug surrend in Gang setzt.

Keine zwei Sekunden später öffnen sich die Schiebetüren mit einem leisen *Ping*.

Wo wohl gerade Alexej und Sergej sind?

Ob sie sich immer noch in Lucifers Villa aufhalten?

Die Frage, was mit Lucifer geschehen ist, liegt mir auf der Zunge, doch ich traue mich nicht, sie laut auszusprechen.

Viel zu groß ist meine Angst vor der Antwort. Ich weiß nicht, wie ich reagieren würde, wenn Cameron mir sagt, dass Lucifer bereits tot ist ...

Ich entscheide mich dafür, dass es manchmal wirklich besser ist, unwissend zu bleiben.

Hilflos muss ich Lilly dabei beobachten, wie sie immer ängstlicher wird.
Eigentlich hatte ich das Gefühl, dass es ihr nach der Autofahrt besser ging. Doch jetzt steht sie zitternd neben mir, ihr Blick wirkt gehetzt und ihre Atmung kommt unregelmäßig.
Was für ein riesiger Bullshit ...
Es muss doch irgendwie möglich sein, ihr die Angst zu nehmen.
Auch wenn ich bis jetzt nichts von Sergej und seinem Bruder gehört habe, bin ich mir ziemlich sicher, dass sie die Sache schnell und sauber erledigt haben.
Die zwei Russen haben Lilly ganz genauso schnell in ihr Herz geschlossen wie alle anderen Männer im Club – sie werden es also genossen haben, Lucifer zu bestrafen.

Leise fluchend sehe ich, wie meine Süße erneut zu zittern beginnt.
Ohne zu zögern, ziehe ich sie in meine Arme, suche ihren Blick und presse ihr einen harten Kuss auf die Lippen. Zögerlich legt sie ihre Finger auf meinen Brustkorb, öffnet ihre Lippen und erwidert unsicher meinen Kuss.
Unser Atem vermischt sich, das Zittern ihres Körpers lässt nach und ich spüre, wie sie sich immer fester an mich schmiegt.
Meine Theorie, dass sie Körperkontakt beruhigt, scheint sich zu bestätigen. Die Fahrt im Lift dauert knapp eine Minute, doch dann kommen wir in meinem Penthouse in der obersten Etage des Hochhauses an.
Vor ein paar Jahren habe ich das komplette sechzehnte Stockwerk gekauft und es zu einem luxuriösen Penthouse umbauen lassen.
Die Tatsache, dass die kompletten Außenwände zu siebzig Prozent aus Glas bestehen, sorgt für einen unendlichen Ausblick auf den Strand und den nie zu enden scheinenden Horizont.
Bestimmend führe ich Lilly in das Wohnzimmer und setze sie auf die Couch. Dank der nächtlichen Dunkelheit ist zwar vom Miami Beach nicht viel zu sehen, doch die vielen Lichter der Stadt, die sich mit den funkelnden Sternen zu einem einzigartigen, nie zu enden scheinenden Lichtermeer verbinden, fesseln gerade ihre komplette Aufmerksamkeit, sodass ich sie kurz alleine lassen kann.
„Bleib hier sitzen."
Lilly sieht mich fragend an, ehe sie mir kurz zunickt.
Schnell gehe ich ins Badezimmer, hole zwei Schmerztabletten und eine Flasche Wasser aus der Küche. Bevor ich sie unter die Dusche und ins

Bett stecke, muss ich einfach sichergehen, dass sie keine Schmerzen mehr hat.

Als Dom habe ich selbstverständlich Erfahrung mit dem Umgang mit Peitschen. Und ich weiß, dass es eine Menge Feingefühl und Können bedarf, um die richtige Härte in die Schläge zu legen.

Peitschen sind nichts für Anfänger – und Lucifer ist eigentlich ein Meister der Peitsche.

Lillys Rückseite verrät mir, dass Lucifer nicht darauf bedacht war, ihr Lustschmerz zu schenken. Dafür hat er viel zu hart zugeschlagen.

Er wollte sie leiden lassen. Für mich sieht das mehr nach einer Bestrafung als nach einer Session aus.

Irgendetwas muss Lilly gesagt oder getan haben, um Lucifer so richtig wütend werden zu lassen. Vielleicht hat sie sich ihm verweigert oder sie hat versucht zu flüchten – anders kann ich mir nicht erklären, warum Lucifer sie so brutal bestraft hat!

Doch völlig egal, was Lilly gesagt oder getan hat, nichts, absolut nichts entschuldigt sein brutales Verhalten!

Lilly

Still und unbeweglich bleibe ich ganz genau da sitzen, wo mich Cameron hingeführt hat.

Camerons Penthouse ist gigantisch – so etwas habe ich noch nie gesehen.

All das viele Glas, der weiße Boden und die elfenbeinfarbenen Möbel erzeugen die optische Illusion von grenzenloser Freiheit.

Der Ausblick aus all den Fensterscheiben muss tagsüber grandios sein. Selbst in der Dunkelheit der Nacht schaffe ich es kaum, meinen Blick abzuwenden.

Wie es sich wohl anfühlen muss, direkt vor einer dieser Scheiben zu stehen?

Kommt es dem Gefühl des Fliegens oder eher des Abstürzens gleich?

Ich befinde mich in Camerons Zuhause ...

Die Tatsache, dass er mich wirklich gerettet und nun mit zu sich genommen hat, überfordert meinen Verstand um Welten.

Wie es jetzt wohl weitergeht?

Um ehrlich zu sein, habe ich keine Ahnung, wie ich mir die Zukunft vorstelle.

Alles, was ich weiß, ist, dass mich alleine der Gedanke, von Cameron getrennt zu sein, zu Tode erschreckt.

Mit zitternden Beinen stehe ich auf, gehe auf die gigantische Glasfront zu und stelle mich so nah vor die Scheibe, dass meine Nasenspitze das glatte Glas streift.

Hier oben komme ich mir so sicher vor ... so als könnten all die Probleme und Sorgen nicht zu mir hochkommen. Natürlich weiß ich, dass es nicht stimmt, aber es fühlt sich so an, als wäre ich von meinem Ritter in einen sicheren Turm verschleppt worden.

All die Menschen, Palmen und Straßen sehen von hier oben so winzig und unbedeutend aus ...

Noch bevor ich meine skurrilen Gedanken zu Ende gedacht habe, spüre ich eine Bewegung in meinem Rücken. Instinktiv zucke ich erschrocken zusammen, erst als ich realisiere, dass es Cameron ist, entspanne ich mich langsam wieder.

„Ich komme mir vor wie über den Wolken. So als ob ich hier in Sicherheit wäre. “

Mit dem Rücken lehne ich mich gegen Cameron, und es verwundert mich nicht, dass er augenblicklich seine Arme um mich legt und mich noch etwas fester an sich drückt.

„Du bist hier in Sicherheit! Ich werde nicht zulassen, dass dir jemals wieder etwas passiert!“

Erneut schwingt dieser selbstsichere, fast schon arrogante Tonfall in seinen Worten mit – wie gerne ich ihm doch nur glauben würde!

Schweigend genießen wir die Nähe des anderen, während wir die Aussicht auf uns wirken lassen.

Wenn es nach mir ginge, würde ich Camerons Zuhause niemals wieder verlassen. Doch dieser Wunsch ist unrealistisch und nicht realisierbar.

Ohne groß darüber nachzudenken, verschränke ich meine Finger mit den seinen. Langsam streicht er mit seinem Daumen über meinen Handrücken und presst mir einen Kuss auf den Scheitel.

„Es ist wichtig, dass du etwas trinkst und die Schmerztablette nimmst, die ich gerade geholt habe.“

Seine Worte reißen mich aus meinen Überlegungen. Langsam löse ich meine Finger von den seinen, drehe mich um meine eigene Achse und suche seinen Blick.

Ich weiß, dass es völlig verrückt klingt, doch das Einzige, was ich gerade wirklich brauche, ist der Mann, der hinter mir steht.

Ich sehne mich nach seiner Kraft, nach seinen Händen und dem Wissen, dass ich so nah bei ihm bin wie nur möglich. Ich will mit ihm verbunden sein, mit ihm verschmelzen und mich so sicher und geborgen fühlen wie nur irgend möglich.

Ich brauche die Gewissheit, dass er für mich da ist, ich will spüren, dass ich zu ihm gehöre.

Jeder Muskel in seinem Körper, jeder Blick seiner wunderschönen dunklen Augen, jeder seiner Atemzüge soll mir gehören!

Ich brauche seine Nähe dringender als die Luft zum Atmen ...

Langsam lasse ich meine Hände an seinem Brustkorb nach oben gleiten, stelle mich auf die Zehenspitzen und spüre, wie die rote Decke nach unten rutscht. Sehnsüchtig vergrabe ich meine Finger in seiner Nackenmuskulatur und ziehe ihn zu mir hinab.

Cameron weiß ganz genau, was ich vorhabe. Seine Augenbrauen ziehen sich zusammen, der Ausdruck seiner Augen wird animalisch und seine Wangenmuskulatur zuckt leicht.

Ich weiß, dass er sich für mich zurückhält, ich spüre, dass er mich will, doch dass er der Meinung ist, dass er mir mehr Zeit lassen muss.

Aber damit täuscht er sich ... Ich will nicht mehr Zeit, ich will ihn – ich brauche ihn!

Ohne auf sein Zögern zu achten, streiche ich mit meinen Lippen über die seinen, verlocke ihn zu einem bittersüßen Kuss und biete mich ihm an.

17. Kapitel

Bittersüßes Vertrauen

Cameron

Was zur Hölle macht mein Kätzchen da nur?

Was soll das werden?

Holy Fuck!

Ich bin mehr als bereit, mich zu beherrschen, ehrlich. Aber auch meine Selbstbeherrschung erreicht irgendwann mal ihre Grenzen!

Wie immer, wenn Lilly in meiner Nähe ist, befindet sich mein Schwanz in einem steinharten Zustand, doch das bedeutet nicht, dass mir nicht bewusst ist, dass Lilly heute Nacht Ruhe und keinen harten Fick braucht.

Bei allen Heiligen ...

Wenn sie mich weiterhin so ansieht und ihre harten Nippel an mir reibt, vergesse ich meinen Vorsatz, sie nicht zu bedrängen, und falle wie eine wilde Bestie über sie her.

Alleine das Wissen, dass Lucifer sie in seiner Gewalt hatte, dass er sie berührt und misshandelt hat, lässt mich rotsehen. Seit ich sie wiederhabe, kann ich an nichts anderes denken, als sie erneut zu der meinen zu machen. Ich will ihr zeigen, wer ihr Mann ist, meine Zeichen auf ihrem verführerischen kleinen Körper hinterlassen und sie so lange ficken, bis sie immer und immer wieder meinen Namen schreit!

Doch ich widerstehe dem Drang, zähle stumm bis zehn und versuche ihre Finger von meinem Nacken zu lösen.

So weit – so gut! Bis jetzt habe ich meine Begierden noch einigermaßen unter Kontrolle!

Doch wenn sie so weitermacht, kann ich ihr nicht länger widerstehen ...

Tief durchatmend rufe ich mir all die Gründe ins Gedächtnis, aus denen ich sie jetzt nicht ficken sollte, doch in dem Augenblick, in dem sie ihre Hand unter mein Hemd schiebt, vergesse ich sie alle!

Bämmmmm ...

All meine guten Vorsätze sind wie ausgelöscht – schlagartig ist nichts mehr wichtig. Nichts ist mehr von Bedeutung. Alles, was für mich zählt, ist die Tatsache, dass sie mich trotz der traumatisierenden Erlebnisse, die sie durchstehen musste, will.

Alleine das Wissen, dass sie mir so sehr vertraut, dass sie sich mir jetzt anbietet und sich schutzlos in meine Hände begibt, lässt mich schlagartig noch härter werden.

Zur Hölle ...

Wenn mich mein Kätzchen will, dann soll sie mich auch haben – bis zum Anschlag!

Lilly

Kaum treffen sich unsere Lippen, lösen sich alle meine Gedanken, Sorgen und Zweifel in Luft auf. Alles, was ab dem Moment, in dem sich unsere Blicke treffen, zählt, sind er und ich und die Tatsache, was heute Nacht zwischen uns passieren wird ...

Mein Herzschlag donnert wie wild durch meine Nervenbahnen, meine Lippen prickeln erwartungsvoll und meine Sinne spielen, wie immer in seiner Nähe, verrückt.

Dieser Mann gibt mir das Gefühl, in Sicherheit zu sein, und er schenkt mir Geborgenheit.

Ich sehne mich nach seinem Geschmack und nach seiner Nähe.

Ich muss ihm einfach nahe sein ...

Es fällt mir nicht schwer zu erkennen, dass er mit seiner Selbstbeherrschung ringt. Seine Hände ballen sich zu Fäusten, so als müsste er sich davon abhalten, mich zu packen. Aber ich will seine Selbstbeherrschung nicht, ich will, dass er mich verschlingt und mich in Besitz nimmt. Ich will, dass er mich berührt und kostet, mich packt und liebkost – oh Gott, ich will einfach alles!

Fest entschlossen, mich nicht von der eiskalten Angst, die sich noch immer in einem kleinen Winkel meines Herzens festkrallt, abhalten zu lassen, erobere ich seinen Mund.

Jetzt ist nicht der richtige Augenblick für Angst ...

„Berühr mich, Cameron ..."

Fasziniert beobachte ich die Reaktion, die meine Worte in ihm auslösen.

Sein Atem kommt schneller, aus seiner Kehle löst sich ein leises Knurren und seine Bauchmuskeln spannen sich an, sodass ich sie ganz deutlich unter seinem Hemd spüren kann.

Überraschend zärtlich beendet er unseren Kuss, umfasst mit seinen großen Händen mein Gesicht und sieht mir eindringlich in die Augen. Es kommt mir fast so vor, als wolle er mit seinem Blick prüfen, ob ich das wirklich will, ob ich stark genug dafür bin, mich ihm jetzt schon hinzugeben.

„Hör mir zu, Baby. Du hast etwas Schlimmes erlebt, und ich kann verstehen, wenn du etwas Zeit brauchst, um das zu verarbeiten!"

Die deutliche Abzeichnung seiner harten Erektion, die sich gegen meinen Bauch drückt, verdeutlicht mir, wie schwer es ihm gefallen sein muss, diese Wörter auszusprechen. Doch seine Rücksichtnahme bestärkt nur mein Vertrauen zu ihm.

Cameron ist bereit, meine Sicherheit und mein Wohlbefinden über das seine zu stellen.

Von den vielen Emotionen, die in mir wüten, geradezu überwältigt, erwidere ich seinen Blick und lege mein Gesicht vertrauensvoll in seine rechte Handfläche.

„Alles, was ich will, ist, dir zu gehören ..."

Die einzig sichtbare Reaktion auf mein Eingeständnis ist, dass sich seine Nasenflügel blähen. Doch ich kann in den Tiefen seiner Augen erkennen, dass ihn meine Worte sehr berührt haben.

Es ist nicht nur die pure unverfälschte Begierde, die sich in ihnen abzeichnet, sondern auch etwas anderes, etwas Undefinierbares, das ich so nicht in Worte fassen kann, das mir den Atem raubt.

Ich bin verloren ...

Langsam, viel zu langsam beugt er sich zu mir herab, ehe er mich stürmisch küsst, seine Hände in meinen Haaren vergräbt und meinen Kopf bestimmend in den Nacken zieht.

Sein hungriger Kuss ist weder sanft noch zärtlich – er ist gefährlich, allumfassend und verschlingend.

Unsere Zähne schlagen krachend aufeinander, unser Atem vermischt sich zu einer explosiven Mischung, ehe der meinige stoppt.

Nur zu gerne ergebe ich mich ihm, nehme alles, was er mir zu geben bereit ist, und fordere zugleich noch mehr.

Davon werde ich niemals genug bekommen!

Alles, was ich in diesem Augenblick wünsche, ist dieser Mann.

Wild und hemmungslos plündert er meinen Mund, duelliert sich mit meiner Zunge und raubt mir den Verstand.

Gerade als ich das Gefühl habe, in Ohnmacht zu fallen, lässt er von meinen Lippen ab und gibt meinen Mund wieder frei.

Noch bevor es mir gelingt, wieder frischen Atem in meine Lungenflügel zu saugen, packt er meine Hand und zieht mich hinter sich her.

Wenige Sekunden später bleiben wir vor einer verschlossenen Türe stehen, mein Atem kommt noch immer viel zu schnell, während er sich zu mir umdreht.

„Fuck, Lilly! Bist du dir ganz sicher, dass du das hier willst?"

Ohne zu zögern, nicke ich.

„Shit, Baby! Ich weiß nicht, womit ich dich verdient habe!"

Tja, ganz genau dasselbe, nur im Bezug auf ihn, habe ich mir auch schon gedacht – ich weiß nicht, womit ich diesen fantastischen Mann verdient habe!

Schweigend öffnet er die Türe und hält sie mir ganz gentlemanlike auf.

Nachdem er einen Schalter betätigt hat, erhellt eine dezente Wandbeleuchtung sein gigantisch großes Schlafzimmer.

Mit heftig schlagendem Herzen betrete ich den Raum, sehr wohl wissend, was in den nächsten Stunden passieren wird ...

Neugierig lasse ich meinen Blick über die minimalistische Einrichtung schweifen. Der weiße Marmorboden, der sich anscheinend durch das komplette Loft zieht, wird hier in der Mitte des Raums von einem dicken, sehr weichen Teppich bedeckt.

Die große Fensterfront, die die gesamte linke Seite des Zimmers einnimmt, lässt ihn groß und frei erscheinen. Das schwarze Lederbett wird von einer silbernen Tagesdecke bedeckt. Schwarze runde Kissen lassen es sehr einladend aussehen.

Mit den Kissen endet die Dekoration auch schon. In diesem Zimmer gibt es keinen Kleiderschrank, keine Kommode und auch kein Sideboard. Neben dem Bett stehen nur zwei durchsichtige Glaswürfel, auf denen zwei Lampen stehen. Das war's auch schon.

Camerons große Hand legt sich besitzergreifend auf meinen entblößten Rücken, ich spüre seine Blicke auf meinem nackten Körper und weiß, dass ich es gar nicht erwarten kann, endlich von seinem schweren Körper in die Matratzen gedrückt zu werden.

Die Anziehungskraft, die er auf mich ausübt, ist nicht nur rein körperlich, sie ist allumfassend und grenzenlos.

Cameron

Klein und zart steht mein Kätzchen vor mir. In ihren Augen sehe ich einen köstlichen Mix aus Sehnsucht, Lust und Unsicherheit.

Bei allen Dämonen!

Sie ist einfach viel zu perfekt! Bis zu einem gewissen Grad kann ich durchaus nachvollziehen, warum Lucifer sie entführt hat ...

Ich versinke in den karamellbraunen Tiefen ihrer Augen, und es bedarf keiner Wörter ...

In ihrem sehnsüchtigen Blick spiegelt sich dasselbe Verlangen, das auch durch meine Adern rauscht, und bei allem, was mir heilig ist, ich kann es kaum erwarten, mich in ihr zu vergraben.

Das grenzenlose Vertrauen, das sie mir entgegenbringt, ehrt mich, und ich werde ihr heute Nacht beweisen, dass ich es wert bin. Ich werde zärtlich sein, ich werde sie verwöhnen und ihr beweisen, dass ich der Mann bin, den sie für alle Ewigkeit an ihrer Seite haben will.

Das zwischen uns ist nicht nur sexuelles Verlangen, es geht weit darüber hinaus. Für sie habe ich Gesetze gebrochen, für sie würde ich töten und bei allem, was mir heilig ist, für sie würde ich noch viel mehr tun.

Jede Zelle meines Seins sehnt sich danach, diese Frau zu besitzen und zu behalten.

Holy Fuck!

Wenn ich nicht achtgebe, verwandelt sich meine Gier nach ihr noch in eine gefährliche Besessenheit ...

Lilly ist, neben meiner Haushälterin, die einzige Frau, die mein Loft jemals betreten hat. Für gewöhnlich ziehe ich eine klare Grenze zwischen meinen Sklavinnen und meinem Privatleben. Doch bei Lilly kann und will ich diese Grenze nicht aufrechterhalten. Sie will ich in meinem Zuhause, in meinem Bett und in meinem Leben.

Für diese unberechenbare, unglaublich starke, jedoch sehr verletzliche Frau breche ich sogar die wenigen Regeln, die ich in meinem Leben aufgestellt habe.

Doch was soll ich sagen?

Es fühlt sich unglaublich gut an, sie hier bei mir zu haben!

Um ehrlich zu sein, fühlt es sich sogar so gut an, dass ich mit dem Gedanken spiele, sie nie wieder gehen zu lassen ...

18. Kapitel

Aufkeimende Angst

Lilly

Nervös lecke ich mir über die Unterlippe, sauge sie zwischen meine Zähne und kaue auf ihr herum. Jetzt, wo er mich immer näher zu seinem Bett dirigiert, werde ich doch etwas nervös. Zwar sind die Schmerzen auf meinem Rücken nicht mehr ganz so stark, aber dafür beginnt mein Kopf ein gefährliches Spiel. Er lässt immer wieder verschiedene Erinnerungen aufflackern. Mal sehe ich Cameron vor meinen Augen, mal Lucifer. Mein Verstand spielt mir Streiche, verunsichert mich, macht mir Angst.

Kleine Schweißtropfen bilden sich in meinem Nacken, während meine Finger zu zittern beginnen. Natürlich weiß ich, dass mich Cameron niemals zu etwas zwingen würde, zumindest hoffe ich das.

Trotz meiner Sehnsucht nach Cameron vergesse ich keine Sekunde lang, was für ein Mann er ist. Er ist ein Dom, ein Master, der es liebt, Frauen Schmerzen zuzufügen. Er liebt es, mich zu unterwerfen, und er hat keine Probleme damit, einen Mann zu verprügeln – oder gar zu töten.

Dank meiner Arbeit im ‚Black Palace' bin ich in eine mir unbekannte Welt geraten. Und bis zu der heutigen Nacht dachte ich wirklich, dass ich, trotz all der Gefahren, die in dieser Welt auf mich lauern, sicher bin. Doch Lucifer hat mich eines Besseren belehrt. Dank ihm weiß ich, dass ich die Gazelle in einem Rudel hungriger Raubtiere bin.

Und jeder, der schon mal einen Naturfilm gesehen hat, weiß, dass es für die Gazelle meistens kein Happy End gibt.

Wie immer spürt Cameron meine aufsteigende Angst. Er überwindet die Distanz zwischen uns, umfasst besitzergreifend meinen Po und presst mich gegen seinen Unterleib.

Langsam und zärtlich erobert er meinen Mund, saugt an meinen Lippen, ehe er an ihnen knabbert.

Trotz meiner plötzlich aufkeimenden Angst will ich diesen Mann ...

Wimmernd lasse ich mich in den Kuss fallen, spüre, wie er mich umarmt und hochhebt. Doch anstatt mich sofort aufs Bett zu legen, behält er mich in seinen Armen, lässt seine Finger über meine Haut gleiten und lässt meine Nervenenden in Flammen aufgehen.

Als er meinen Mund wieder freigibt, lecke ich mir über die angeschwollenen Lippen, nehme seinen köstlichen Geschmack in mir auf.

Das Gewitterblau seiner Augen wirkt beinahe schwarz, während seine Kieferpartie angespannt ist.

Ich spüre, wie seine Bauchmuskeln leicht zucken, und schnappe nach Luft.

„Ich werde dich nie wieder freigeben, Baby!"

Das dunkle Timbre seiner Stimme vibriert durch meinen Unterleib und noch bevor ich den Sinn seiner Worte realisieren kann, küsst er mich erneut. Süchtig nach seiner Nähe und seiner Kraft schlinge ich ihm meine Arme um den Nacken, presse mich an ihn.

Seine raue Zunge streicht über meine Lippen, drängt meinen Mund auseinander und erobert mich erbarmungslos.

Ein animalisches Geräusch löst sich aus seiner Kehle, beschert mir eine Gänsehaut.

Ich bin verloren ...

Seine Finger legen sich besitzergreifend auf meine Taille, graben sich in meine Haut, nehmen mich in Besitz.

Immer gieriger berühren sich unsere Körper, unser Atem kommt laut und stoßweise und ich weiß, dass es nicht mehr lange dauern wird, bis ich ihn endlich tief und hart in mir spüren werde.

Camerons Hände halten mich bestimmend fest, dieser Mann fordert einfach alles von mir, er gibt sich nicht nur mit meinem Körper zufrieden ... oh nein ... er erobert zugleich mein Herz und meine Seele.

Knurrend bläht er seine Nasenflügel und ich weiß, dass er den süßen Duft meiner wachsenden Erregung wittern kann.

Gierig vergrabe ich meine Finger in seinem vollen Haar, ziehe ihn noch näher an mich ran.

Zwischen meinen Schamlippen wird es immer feuchter, und ich reibe meinen Schoß ungeduldig an seinem Oberschenkel.

Die steigende Erregung verdrängt meine Angst, und ich beginne mich immer sicherer zu fühlen.

Er wird mich für immer beschützen!

Cameron stöhnt laut, legt mich in sein Bett, schlingt seine Finger um meine Handgelenke und presst sie über meinem Kopf auf die weiche Decke.

Die warme Nachtluft streicht über meine erhitzte Haut.

Schutzlos und ihm völlig ausgeliefert gebe ich mich ihm hin, genieße diesen einzigartigen Augenblick, in dem ich nur ihm gehöre.

Ich spüre seine kontrollierte Kraft – jeder noch so kleine Muskel in seinem Körper ist hart und angespannt.

Sein Knie schiebt sich zwischen meine Schenkel, kommt so meiner reibenden Bewegung entgegen.

Ohhhh jaaaaa ...

Cameron übernimmt wie gewohnt die Führung. Lässt mich seine Kraft spüren und demonstriert mir so, wie sehr er mich will.

Mit den Fingerspitzen seiner rechten Hand fährt er die Konturen meiner Brüste nach. Seine Finger umkreisen meine harten Brustwarzen, streichen sanft darüber, ehe er sie gekonnt zwirbelt.

Atemlos wölbe ich mich ihm entgegen, spüre, wie ein heißer Blitz der Lust direkt von meinen Brüsten hinab zu meiner Körpermitte schießt.

„Vertrau mir, mein Kätzchen, lass dich fallen – ich fange dich auf!"

Ein leichter Schweißfilm überzieht meine Haut, seine Zunge dringt in meinen Mund ein, verfällt in einen wilden Tanz der Begierde.

Nur am Rande spüre ich, wie er meine Hände wieder freigibt, während er meinen Körper immer mehr in Besitz nimmt.

„Du. Gehörst. Nur. Mir!"

Camerons eindringlicher Blick sieht direkt bis in meine Seele, und ich spüre bis in den hintersten Winkel meines Herzens, dass ich diesem Mann gehöre.

Auf der verzweifelten Suche nach noch mehr Nähe presse ich meine Lippen wieder auf die seinen, lasse meine Finger durch sein Haar gleiten und ziehe ihn noch weiter zu mir herunter.

Mehr – mehr – ich will mehr – immer mehr!

Und noch während ich mich in meiner Lust verliere, lasse ich mich fallen, gebe all meine Schutzmauern auf und vertraue darauf, dass Cameron mich emotional auffängt.

Knurrend richtet er sich auf, zieht sich das Hemd über den Kopf und macht sich an seiner Hose zu schaffen.

Seine Augen verweilen hungrig auf meinen Brüsten.

Die Muskeln in seinen Armen zucken stark und ich weiß, dass er gerade sehr um seine Beherrschung ringt ...

Wenige Augenblicke später ragt er groß und kraftvoll über mir auf, leise grollend schließt er seine Augen, reibt seinen harten Schwanz über die Falten meiner feuchten Pussy und genießt das Gefühl meiner Feuchtigkeit an seiner dicken Eichel.

Völlig nackt und schutzlos liege ich unter ihm und beobachte ihn dabei, wie er versucht sich selbst zu kontrollieren.

Doch ich vertraue ihm mit jeder Faser meiner Seele, und ich weiß, dass er mir niemals Schaden zufügen wird. In seinem Blick erkenne ich, dass er ganz genau weiß, wie schutzlos ich mich gerade fühle und welches Geschenk ich ihm gerade mache.

Seine Zungenspitze leckt sanft über meine Brustwarze, ehe seine Zähne leicht an ihr knabbern. Stöhnend winde ich mich unter ihm, schließe meine Augen und gebe mich dem Ansturm der wundervollen Gefühle, die Cameron in mir auslöst, hin.

Glühend und pulsierend zieht sich mein Schoß zusammen. Meine Schamlippen schwellen an, als er seine Finger zwischen meine Beine gleiten lässt und mit genau dem richtigen Druck über meinen Kitzler streicht.

„Du bist bereit für mich, Baby!"

Stöhnend genieße ich das Spiel seiner Finger, während er jede meiner Reaktionen ganz genau beobachtet.

Cameron weiß ganz genau, dass ich vorhin Angst hatte, und jetzt ist er sehr darauf bedacht, auf mich zu achten. Seine Selbstlosigkeit und seine Fürsorge sind ein kostbares Geschenk, das ich sehr wohl zu schätzen weiß.

Atemlos vor Lust beobachte ich ihn dabei, wie er mich verführt und meinen Körper erkundet.

Hart und verdammt groß presst sich sein Glied gegen die empfindliche Innenseite meiner Oberschenkel. Ich spüre, wie sich seine Oberschenkel anspannen, so als könnten sie es gar nicht erwarten, ihre Kraft in rhythmische Stöße zu verwandeln.

Seine Hände legen sich auf meine Knie und ziehen meine Schenkel langsam, jedoch bestimmend weiter auseinander, sodass sich sein Blick auf meinen pochenden Kitzler legen kann.

Weit geöffnet liege ich unter ihm, seine Augen verschlingen meine Pussy, aus seiner Kehle entringt sich ein animalisches Geräusch.

Langsam und zärtlich streicht er mit seinen Fingern über meinen Eingang, fährt die Konturen meiner Schamlippen nach und dringt mit seinem Daumen leicht in mich ein.

Das Zittern in seinen Armen verrät mir, wie sehr er sich zurücknehmen muss, um zärtlich zu sein. Cameron ist eigentlich kein Mann für Kuschelsex, doch für mich versucht er es. Und dafür bin ich ihm sehr dankbar. Heute Nacht wäre ich nicht in der Lage, mich ihm zu unterwerfen ...

Knurrend senkt er sich auf mich herab und presst mich mit seinem Gewicht immer tiefer in sein Bett.

Endlich treffen sich unsere Lippen, und wir verschlingen uns gierig.

Mit jedem hungrigen Zungenschlag, mit jedem geteilten Atemzug spüre ich, wie dringend er mich braucht.

Leicht zitternd sehe ich ihm tief in die Augen.

Langsam entzieht er mir seinen Daumen, umkreist rhythmisch meinen Kitzler, lässt mich beinahe kommen.

Kraftlos nehme ich alles, was er mir schenkt, genieße seinen dunklen, geradezu animalischen Blick und seine fordernden Finger.

Dieser Mann fickt nicht einfach nur mit mir – er nimmt mich in Besitz!

Zentimeter für Zentimeter hinterlassen seine Hände eine glühende Spur auf meiner empfindlichen Haut. Meine inneren Muskeln zucken ungeduldig, während mir ein leises Wimmern über die Lippen kommt.

Dieser Mann, seine Finger und seine Lippen sind einfach nur göttlich ...

Cameron hat die Macht, mich alles Negative vergessen zu lassen, dank ihm verliere ich jegliche Erinnerung an Lucifer. Alles, was in diesem Augenblick für mich zählt, sind er, seine Finger und sein Mund.

Tief in meinem Unterleib breitet sich flüssige Lava aus, jegliche Gedanken entmaterialisieren sich und ich versinke im tiefen Strudel meiner Lust.

Stöhnend gebe ich mich ihm hin, spreize meine Beine noch etwas weiter und kann es kaum erwarten, ihn so tief wie möglich in mir aufzunehmen ...

Langsam dringt er mit zwei Fingern in mich ein, dehnt mich, bereitet mich auf seinen großen Schwanz vor. Mit jedem erneuten Vorstoß touchiert er den magischen Punkt in mir ... Reibend und massierend foltert er meine kleine Perle und ich kann nicht anders, als mich in meiner Lust zu verlieren.

Oh mein Gooottttttttt! Ich komme ...

Gekonnt winkelt er tief in meinem Inneren seine Finger an – ein bittersüßer Schmerz raubt mir die Luft zum Atmen.

Keuchend spüre ich, wie sich mein Inneres zuckend zusammenzieht.

Der unglaubliche Druck, der sich in meinem Schoß ausbreitet, raubt mir jegliche Kontrolle.

Völlig wehrlos werde ich von einem tsunamiartigen Sturm verschiedener Emotionen überrollt. Der Höhepunkt, der über mich hinwegrollt, zerlegt mich in tausend Teile.

Oh bitteeee, jaaaaaa ...

Krampfend ziehen sich meine Zehenspitzen zusammen, meine Lunge streikt und meine Sinne fangen Feuer.

Mein lauter, verzweifelter Lustschrei vermischt sich mit Camerons knurrenden Atemzügen.

Bestimmend spreizt er meine zitternden Schenkel und lässt seinen hungrigen Blick über meine geschwollene Pussy gleiten.

Seine Finger streichen durch meine Spalte, gleiten über meinen Kitzler und treiben mich erneut in den Himmel der Lust.

„Ich muss dich einfach schmecken."

Atemlos schüttle ich den Kopf, alleine bei der Vorstellung, seine Zunge auf meinem überempfindlichen Kitzler zu spüren, verliere ich beinahe den Verstand ...

Auch meine Nervenbahnen können nur ein gewisses Maß an Lust ertragen, ehe sie in Flammen aufgehen.

Cameron ignoriert meine Gegenwehr, nimmt sich, wonach er giert.

Seine Zungenspitze leckt sanft über meine Öffnung, umkreist meinen Lustknoten und saugt sich hart an ihm fest.

Die Vibrationen seines zufriedenen Brummens schicken ein emotionales Erdbeben durch meine zitternden Beine.

Quälend langsam leckt er meine Muschi, knabbert an meinem empfindlichen Venushügel und lässt mich immer höher zu den Sternen fliegen.

Erst als ich wieder kurz davor bin zu kommen, hat er Erbarmen mit mir.

Zärtlich streifen seine Lippen über meine Schläfe, sein Glied presst sich gegen meine Öffnung, fordert gnadenlos Einlass.

Seine dicke Eichel dringt in mich ein, dehnt meine Möse und nimmt mich quälend langsam in Besitz.

Sein langsames Eindringen ist eine dekadente Qual und steht im krassen Gegensatz zu seinem sonstigen erbarmungslosen Vorstoß.

Unsere Blicke finden sich, während er immer und immer tiefer in mich eindringt.

Sein breiter Schwanz dehnt meinen Körper und schickt Wellen der Lust durch meine glühenden Nervenenden.

„Sieh mich an, Lilly ..."

Kraftlos öffne ich meine Augen und sehe ihn an.

Das Zucken in seinen Oberschenkeln ist die einzige Warnung, ehe er sich bis zum Anschlag in mich rammt.

Wie immer dauert es eine kleine Weile, bis sich mein Körper an seinen Schwanz gewöhnt hat.

„Für dieses Gefühl würde ich sterben!"

Seine geknurrten Worte rauben mir das letzte bisschen Verstand.

Seine tiefen Stöße werden stetig härter und sein Penis dringt so verflucht tief in mich ein, dass ein leichter, unfassbar angenehmer Schmerz entsteht.

Gekonnt verändert er seinen Winkel, legt meine Füße auf seine Schultern und beginnt damit, mich hart und gnadenlos zu ficken.

Unter seiner Kraft löse ich mich auf, zerfließe und versinke im Rausch der Ekstase.

Der gnadenlose Orgasmus, der wie ein Unwetter über mir hereinbricht, ist so allumfassend, dass ich das Gefühl habe, in tausend winzige Stücke zu zerspringen.

Die kraftvollen Kontraktionen in meinem Inneren rauben auch Cameron den Atem. Schneller und immer schneller nimmt er sich, wonach es ihm begehrt – mich!

Laut brüllend beginnt er mich so hart zu nehmen, dass ich bei jedem Vorstoß etwas weiter nach oben geschoben werde.

Kraftlos beobachte ich, wie seine Augen zurückrollen, seine Atmung stoppt, und die Sehnen an seinem Hals treten deutlich hervor.

Dieser Mann scheint nur aus Muskeln, Kraft und Ausdauer zu bestehen.

Völlig in seiner Lust gefangen wirft er seinen Kopf in den Nacken, gräbt seine Finger in meine Hüfte und rammt sich ein letztes Mal bis zum Schaft in mich.

Das Pochen seiner Eichel kündigt sein heißes Sperma an, das er laut knurrend in mich schießt.

Völlig kraftlos genieße ich das Gefühl seines dicken Gliedes in mir.

Hier bei ihm, ganz genau in diesem Augenblick, fühle ich mich so unfassbar beschützt wie noch nie in meinem Leben.

Ich bin mir völlig sicher, dass mich der Mann, der mich gerade so unfassbar gründlich gebumst hat, auch gegen eine ganze Armee verteidigen könnte.

Cameron

Entspannt lausche ich Lillys immer gleichmäßiger werdenden Atemzügen. Nachdem ich sie unter die Dusche getragen und ihr die Schmerztabletten gebracht habe, hat es keine fünf Minuten gedauert, bis sie halb auf meiner Brust liegend eingeschlafen ist.

Gedankenverloren streiche ich mit meinen Fingern über ihren schmalen Rücken. Die vielen Striemen, die Lucifer auf ihrer Haut hinterlassen hat, fühlen sich an wie ein dickes Spinnennetz ...

Holy Fuck!

Das Einzige, was mich in diesem Augenblick einigermaßen ruhig bleiben lässt, ist das Wissen, dass Lucifer nie wieder seine Hand gegen Lilly erheben wird. Genau genommen wird er seine Hand auch sonst nie wieder benützen können.

Trotz der späten Uhrzeit fühle ich mich hellwach.

In meinem Kopf arbeitet es wie verrückt und ich weiß jetzt schon, dass ich diese Nacht niemals vergessen werde.

Diese faszinierende Frau, die so tief schlafend in meinen Armen liegt, hat mein komplettes Leben auf den Kopf gestellt und ich weiß jetzt schon, dass die Zukunft mir ihr verdammt anstrengend, jedoch auch sehr schön sein wird.

Mein eigentlicher Plan war es, sie zu meiner Sklavin zu erziehen, sie zu besitzen und jede Nacht zu unterwerfen. Und Fuck ... tief in meinem Inneren will ich das immer noch!

Doch ich will mehr als nur ihren Körper und ihre Schreie. Ich will ihr Herz, ihre Seele, ihre Gedanken und ihre Träume ...

Ich will, dass ich das Erste bin, woran sie morgens denkt, und das Letzte, bevor sie nachts einschläft.

Ich will sie in meinem Club, in meinem Bett, in meinem Leben, an meiner Seite – für immer!

Selbstverständlich ist mir mehr als bewusst, dass Lilly nach den traumatisierenden Erlebnissen mit Dugan etwas mehr Zeit braucht, um sich in der Welt des SM einzuleben. Doch das ist okay für mich. Ich werde ihr alle Zeit der Welt geben.

Bis jetzt hätte ich nie gedacht, dass es mir gefallen könnte, eine Frau an meiner Seite zu haben, die kein Problem damit hat, mir die Stirn zu bieten. All meine bisherigen Sklavinnen waren es gewöhnt, ihrem Master widerstandslos zu gehorchen. Dank Lilly weiß ich jetzt allerdings, dass es mit einem Wildkätzchen um einiges interessanter ist als mit einem stummen Fisch ...

Lilly ist mein großes Los, und ich werde alles in meiner Macht Stehende tun, um sie glücklich zu machen.

Es liegt an mir, ihr genug Zeit zu geben, um sich an das Leben an meiner Seite zu gewöhnen ...

19. Kapitel

Mut zur Unterwerfung

Lilly

Seit meiner Entführung sind jetzt genau einunddreißig Tage vergangen.
Einunddreißig Tage, in denen Cameron ununterbrochen ein Auge auf mich hatte. Und falls er doch mal arbeiten musste, war entweder Sergej oder sein schweigsamer Bruder Alexej in meiner Nähe.
Dank Cameron und seinem extrem stark ausgeprägten Beschützerinstinkt habe ich mich so sicher gefühlt wie noch nie.
Selbst die Alpträume, die mich hin und wieder heimgesucht haben, sind verschwunden. Die vielen Striemen auf meinem Rücken sind verheilt, sodass meine Haut wieder makellos ist.
Und dennoch musste ich einen richtigen Streit vom Zaun brechen, als ich Cameron mitgeteilt habe, dass ich endlich wieder an der Bar im ‚Black Palace' arbeiten möchte.
Jedes Mal, wenn ich den Club betrete, um Cameron während seiner Arbeit in seinem Büro Gesellschaft zu leisten, spüre ich eine gewisse Unruhe ...
So schön es auch war, mich zu erholen – so langweilig ist mir jetzt.
Jetzt haben wir uns darauf geeinigt, dass ich ab dem Ersten des nächsten Monats endlich wieder arbeiten darf.
Cameron ist noch immer vorsichtig mit mir. Ich spüre zwar, dass seine Dominanz mit jeder Nacht wieder stärker zum Vorschein tritt, doch er behandelt mich noch immer sehr zärtlich.
Natürlich ist es nicht so, dass ich seine Zärtlichkeiten nicht genieße, doch dank ihm habe ich eben auch schon in die Welt der Dominanz und Unterwerfung geschnuppert, und jetzt, wo ich weiß, wie unglaublich gut es sich anfühlt, von ihm unterworfen zu werden, kann ich es kaum erwarten, es erneut zu erleben.

Vor drei Nächten hatte ich das erste Mal einen wahnsinnig erotischen Traum.
Ich stand nackt und gefesselt an dem Andreaskreuz, das seit meinem ersten Tag im ‚Black Palace' meine Aufmerksamkeit auf sich zieht.
Das Licht war gedimmt und im Hintergrund sang eine angenehme Frauenstimme eine italienische Ballade.
Die tanzenden Lichter der vielen Kerzen projizierten leichte Schatten an die Wand, während Cameron groß und kraftvoll vor mir stand.

Seine Augen wirkten dunkel und unnahbar und ich wusste, dass er es kaum erwarten konnte, mich zum Schreien zu bringen. Seine langen Finger hielten eine schwarze Ledergerte, deren Griff geflochten war.

Ich kann mich noch gut an die vielen Emotionen erinnern, die durch mein geträumtes Ich gerast sind.

Alleine die Erinnerung daran lässt meinen Unterleib vor Sehnsucht pulsieren.

Der Traum war so real und so unglaublich intensiv, dass ich völlig verschwitzt und zutiefst erregt aufgewacht bin.

Kurzerhand habe ich mich aus dem Bett geschlichen, bin in Camerons Wohnzimmer gegangen und habe meinen Laptop angeschaltet. Dank des Internets war es ein Leichtes für mich, innerhalb kürzester Zeit einen Onlineshop zu finden, der ganz genau dieselbe Gerte im Sortiment hatte wie die, von der ich geträumt habe.

Fest entschlossen habe ich sie mit wenigen Klicks in den virtuellen Einkaufswagen gelegt und bestellt. Laut der Versandbestätigung, die ich per E-Mail erhalten habe, wird sie morgen ankommen.

Alleine der Gedanke daran, wie Cameron wohl reagieren wird, wenn ich ihm die mit einer roten Schleife versehene Gerte schenke, bringt mein Blut zum Kochen.

Ich will, dass Cameron weiß, dass ich ihn will, dass ich mehr als bereit bin, mich voll und ganz in seine Welt einführen zu lassen. Ich will spüren, wie es sich anfühlt, von ihm dominiert, unterworfen und benutzt zu werden.

Die Sehnsucht, ihm all das zu geben, wonach er sich sehnt, ist so stark geworden, dass ich aufpassen muss, dass ich mich nicht in ihr verliere.

Cameron ist ein Dom, ein Meister der Schmerzen und ich will die Frau sein, an der er all seine Sehnsüchte ausleben kann ...

Ich weiß nicht, was uns die Zukunft bringt, aber ich weiß, dass ich sie an der Seite dieses faszinierenden Mannes verbringen will.

Cameron ist ein sehr starker, kraftvoller Mann, der durchaus in der Lage ist, sanft und zärtlich zu sein. Doch ich sehne mich nach seiner starken Hand, nach dem bittersüßen Lustschmerz, den er mir schenken kann, und dem Gefühl, ihm völlig ausgeliefert zu sein ...

Morgen werde ich ihm nicht nur die Gerte schenken, sondern auch mich selbst!

Cameron

Nicht zum ersten Mal an diesem Abend habe ich das Gefühl, dass Lilly mir irgendetwas verheimlicht. Sie wirkt so nervös und unsicher, doch ich komme einfach nicht darauf, was es sein könnte. Seit die Post ihr heute Nachmittag ein Päckchen gebracht hat, scheint sie völlig durch den Wind zu sein. Jetzt gerade beobachte ich sie dabei, wie sie sich mit Alexej und Sergej unterhält. Trotz der Tatsache, dass die beiden Russen genug Abstand zu ihr halten, gefällt es mir gar nicht, dass sich Lilly in der Nähe meiner Securitys aufhält.

Wenn es um diese Frau geht, kennen meine Eifersucht und meine Besitzgier keine Grenzen.

Um sie besser im Blick behalten zu können, lasse ich meine Arbeit liegen, stehe auf und stelle mich vor meinen Schreibtisch. Mehr oder weniger entspannt beobachte ich sie durch meine offen stehende Bürotüre, wie sie, ganz ohne es zu wollen, Alexej und Sergej den Kopf verdreht.

Bis jetzt ist mir noch kein Mann begegnet, der sich nicht von Lilly wie magisch angezogen gefühlt hat. Alleine die Tatsache, dass sie ganz offiziell zu mir gehört, sorgt dafür, dass keiner der anwesenden Doms es auch nur wagt, Lilly länger als nötig anzusehen.

Jeder von ihnen weiß, was mit Lucifer passiert ist – jeder von ihnen weiß, dass ich für diese Frau einfach alles tun würde!

Mein Kätzchen scheint meinen Blick auf ihrem Rücken zu spüren. Lächelnd dreht sie sich zu mir um, verabschiedet sich von den beiden Brüdern und kommt direkt auf mich zu. Schlagartig verpufft die Wut, die sich in meinem Magen aufgestaut hat, die Eifersucht löst sich in Luft auf und mein schwarzes Herz beginnt wieder zu schlagen.

Diese kleine faszinierende Frau hat so eine gewaltige Macht über mich, dass ich gar nicht wissen will, was passiert, wenn sie das jemals herausfindet.

Alleine der Gedanke daran lässt mich erschaudern!

Als sie nur noch wenige Schritte von mir entfernt ist, strecke ich meine Arme nach ihr aus und ziehe sie zu mir.

„Hey, meine Schöne."

Ungeduldig umfasse ich ihr Kinn, hebe ihren Kopf an und küsse sie mit all meiner Sehnsucht. Das süße, hingebungsvolle Wimmern, das ihren Lippen entfleucht, lässt mich augenblicklich hart werden.

Gierig umschlinge ich ihre Zunge, sauge an ihren Lippen und schiebe meine Hand in ihre Hose. Feucht und eng begrüßt ihre Pussy meine Finger. Langsam lasse ich meine Hand tiefer zwischen ihre Schamlippen gleiten, reibe über ihren Kitzler und zwicke leicht zu. Als ich wenige

Minuten später ihren Mund wieder freigebe, lehnt sie sich schwankend an mich.

Angespannt beobachte ich, wie sie sich über die Lippen leckt, sich aus meiner Umarmung befreit und mit einem aufreizenden Hüftschwung durch mein Büro geht. Nachdem sie die Türe geschlossen und abgesperrt hat, beginnt sie damit, sich auszuziehen.

Tief einatmend umfasse ich mit meinen Händen die Kante meines Schreibtischs und kralle mich daran fest.

Langsam und aufreizend schiebt sie sich ihren BH über die Schultern, beugt sich nach vorne und steigt aus ihrer Jeans.

„Ich habe ein Geschenk für dich ..."

Aufgrund der Tatsache, dass fast alles Blut aus meinem Kopf direkt in meinen Schwanz geschossen ist, dauert es eine Sekunde, bis ich den Sinn ihrer Worte verstehe.

„Was denn für eines?"

Fasziniert sehe ich, wie ein Hauch Unsicherheit über ihre Mimik huscht.

Mein Kätzchen ist nervös.

Nackt und wunderschön bleibt sie direkt vor mir stehen, meine Augen wandern hungrig über ihren Körper, verweilen zwischen ihren Schenkeln.

Gerade als ich sie packen will, weicht sie mir aus.

An der Couch angekommen, beugt sie sich absichtlich darüber und präsentiert mir so einen unvergleichlich geilen Anblick. Ihr runder Po und die rosa Falten ihrer Pussy sind einfach unglaublich schön ...

Gerade als ich auf sie zugehen will, richtet sie sich mit einem kleinen Geschenk in der Hand wieder auf. Das weiße Geschenkpapier steht im krassen Kontrast zu der blutroten Schleife.

Was hat sie nur vor?

Unsicher knabbert sie auf ihrer Unterlippe herum und überreicht mir das kleine Paket.

Tief einatmend reiße ich das Papier auf, als ich sehe, was genau ihr Geschenk ist, stockt mir der Atem.

Noch bevor ich etwas sagen oder auf ihr Geschenk reagieren kann, sinkt sie anmutig vor mir auf die Knie. Ihr Rücken ist gerade, ihre Schenkel weit gespreizt – die perfekte Sklavin!

Sämtliche Gedanken verschwinden aus meinem Kopf, ich reagiere instinktiv auf ihre Haltung.

Die schwarze Ledergerte, die sie mir soeben überreicht hat, ist nur ein kleiner Teil des Geschenks. Das wirklich Kostbare ist ihr Vertrauen und die Bereitschaft, sich mir zu unterwerfen. Devot hält sie ihren Kopf gesenkt, ihr Blick ist auf den Boden vor ihr gerichtet, während sich ihre Brustwarzen erregt und erwartungsvoll zusammenziehen.

Schweigend umrunde ich sie, lasse die Gerte über ihr nacktes Schlüsselbein streichen und beobachte fasziniert, wie ihr Körper alleine auf diese Berührung reagiert ...

Um meine Selbstbeherrschung ringend öffne ich die oberen zwei Knöpfe meines Hemds, kremple die Ärmel zurück und lasse meine Nackenmuskulatur knacken.

Mein wildes Kätzchen hat sich dazu entschieden, meine Sklavin zu sein.

Und ich, ihr Herr und Meister, habe diese Herausforderung angenommen ...

Bonusmaterial

Lilly

Nervös laufe ich durch Camerons Loft, räume ein paar herumliegende Sachen auf, gieße den Kaktus (die einzige Topfpflanze, die dieser Mann besitzt) und mache die Betten.

Doch es hilft alles nichts, meine Nervosität will einfach nicht abklingen.

„Erwarte mich um 21:00 Uhr – ich werde kommen und dich entführen ...“

Seit mir Cameron vor knapp drei Stunden diese SMS geschickt hat, halte ich es vor Spannung fast nicht mehr aus.

Mit einem wütenden Blick versuche ich den Uhrzeiger zu etwas mehr Eile anzutreiben, doch der ist von mir völlig unbeeindruckt und tickt sich fröhlich von einer Minute zur nächsten.

Wenn das so weitergeht, vergehen die restlichen 7 Minuten und 47 Sekunden niemals ...

Aufgrund der Tatsache, dass ich keine Ahnung habe, warum oder wohin er mich entführen will, weiß ich nicht, ob ich für diesen geheimnisvollen Anlass passend gekleidet bin.

Jetzt stehe ich in einem eng anliegenden schwarzen Minikleid vor dem antiken Schlafzimmerspiegel und lasse meine Augen ein letztes Mal prüfend über mein Erscheinungsbild gleiten.

In meinen Ohrläppchen stecken die wunderschönen Perlenohrringe, die Cameron mir letzte Woche geschenkt hat, während meine Haare in einer lockeren Hochsteckfrisur gefangen sind. Eine vereinzelte Haarsträhne kringelt sich in meinem Nacken, und ich weiß jetzt schon, dass Cameron dem Drang, sie immer und immer wieder zwischen seine Finger zu nehmen, nicht widerstehen kann.

Es ist jetzt ganz genau auf den Tag sechs Monate her, dass er mich von Lucifer befreit hat. Und ich frage mich, ob er diesen Tag bewusst ausgesucht hat, um mich ebenfalls, wenn auch angekündigt und mit meinem Einverständnis, zu entführen.

Verflixt, wenn ich doch nur nicht so verdammt neugierig wäre ...

Fest entschlossen, ihm zu vertrauen und die restliche Nacht einfach auf mich zukommen zu lassen, gehe ich zurück in den Flur, schlüpfe in meine schwarzen High Heels und warte darauf, dass ich endlich entführt werde.

Auf die Sekunde genau um Punkt 21:00 Uhr höre ich endlich, wie sich die Lifttüren öffnen.

Noch bevor ich Cameron sehe, spüre ich schon seine Anwesenheit.

Wie immer, wenn ich mich in seiner Nähe befinde, beginnt mein Herz wie wild zu rasen, meine Nervenenden fangen an zu glühen und meine Sinne spielen verrückt.

Ob sich das jemals ändern wird?

Seit er mich damals gerettet und zu sich gebracht hat, verbringe ich kaum noch Zeit in meinem kleinen Apartment, meine verrücktspielenden Hormone sollten sich also langsam an die Nähe dieses faszinierenden Mannes gewöhnt haben.

Aber jetzt gerade kommt es mir eher gegenteilig vor – je mehr Zeit ich in seiner Nähe verbringe, desto stärker reagiere ich auf seine Blicke, seine Nähe und seine Anwesenheit.

Ich komme mir vor wie auf Drogen, nur dass ich nicht betäubungsmittelabhängig, sondern Cameron-abhängig bin ...

Er ist das Licht meiner Dunkelheit und ich bin die nichts ahnende Mücke, die sich an seiner Hitze die Flügel verbrennen wird.

Mit wild schlagendem Herzen drehe ich mich zu ihm um. Der anerkennende Blick, mit dem er mich mustert, lässt mich erbeben.

Cameron räuspert sich kurz. „Bist du bereit, entführt zu werden?“ Seine Stimme klingt rau und erregt und ich weiß ganz genau, dass er mit dem Gedanken spielt, mich jetzt sofort gegen die Wand des Flurs zu pressen und mich zu nehmen.

Schwer schluckend versuche ich meine wachsende Erregung zu unterdrücken, doch das ist unmöglich. Jede Zelle meines Körpers sehnt sich nach seiner Nähe, seinen Berührungen und dem Gefühl des von ihm Ausgefülltseins.

Obwohl ich weiß, dass er etwas für diese Nacht geplant hat, kann ich nicht warten – ich will diesen Mann! Jetzt!

Ob er ahnt, wie es tief in meinem Inneren aussieht?

Ob er weiß, dass ich ihn liebe?

Bis jetzt habe ich es ihm nie gesagt, doch ich versuche es ihm jeden Tag aufs Neue zu zeigen! In meinen Augen zählen Taten eh viel mehr als tausend Worte ...

Prickelnd und heiß sehnen sich meine Lippen nach den seinen. Um sie zu befeuchten, lecke ich darüber, gehe auf ihn zu und schlinge ihm meine Arme um den Nacken.

Zufrieden spüre ich, wie sich sein kompletter Körper schlagartig anspannt. Seine Atmung beschleunigt sich – mein Herz beginnt zu rasen.

Besitzergreifend schlingt er mir seine Arme um die Schultern, dreht sich mit mir im Arm um und drückt mich gegen die harte Wand. Knabbernd beißt er mir in die Unterlippe, Wellen der Lust rasen durch meine Nervenbahnen, lassen mich sehnsüchtig aufstöhnen.

„Jetzt bist du mir schutzlos ausgeliefert!"

Das dunkle Timbre seiner rauen Stimme lässt meinen Körper erzittern, sein heißer Atem streift über meinen Nacken, seine Lippen saugen an der empfindlichen Haut an meinem Hals. Mehr als bereit, mich ihm auszuliefern, lehne ich mich an ihn, lasse mein Knie zwischen seine Beine gleiten, reibe meinen Unterleib an dem seinen.

Die starken Muskeln in seinem Bauch zucken, sein Brustkorb wird hart und aus seiner Kehle steigt ein animalisches Knurren.

„Ich liebe es, dir ausgeliefert zu sein! Ich gehöre nur dir, Cameron! Für immer!"

Erstaunlich sanft streifen seine Lippen über die empfindliche Haut hinter meinem Ohr – mein Herzschlag setzt prompt aus.

Seufzend genieße ich seine Nähe.

Oh mein Gott, ich bin verloren ...

Sein köstlicher Geruch benebelt meine Sinne, während sich das sehnsüchtige Pulsieren in meinem Schoß zu einem unerträglichen Glühen verwandelt.

Noch immer reibe ich an ihm, spüre, wie sich sein Schwanz hart und dick gegen meinen Unterleib presst.

Er will mich ganz genauso sehr wie ich ihn.

„Seit ich vorhin gegangen bin, kann ich an nichts anderes denken als daran, zu dir zurückzukommen!"

Seine rechte Hand streift über meine Taille, entfernt sich kurz von meinem Körper, nur um sich eine Sekunde später an meinem nackten Schenkel unter mein Kleid zu schieben. Seine Finger graben sich in mein Fleisch, während seine Zähne neckend an meinem Hals knabbern.

„Fuck, Baby! Ich kann dir einfach nicht widerstehen!"

„Dann tu es nicht, Cameron ..."

Und während die Finger seiner linken Hand den dünnen Spitzenstoff meines Strings beiseiteschieben, schlingt er seinen rechten Arm um meine Körpermitte.

Mit einer erschreckenden Leichtigkeit hebt er mich hoch, trägt mich ins Wohnzimmer und setzt sich mit mir auf seinem Schoß auf die Couch.

Ich spüre, wie sehr er mich begehrt, die Spannung, die seinen Körper fest im Griff hat, lässt mich auf einen harten Fick hoffen.

Ich spüre mit jeder Faser meines Körpers, dass Cameron kurz davor ist, seine eiserne Beherrschung zu verlieren.

Mit jedem Mal, wo wir uns näher kommen, mit jeder Berührung und mit jedem Kuss wird unsere Verbindung immer stärker. Es kommt mir so vor, als würde er mich immer fester an sich binden – ich bin die seine – unwiderruflich!

Doch trotz der Tatsache, dass ihn seine Lust fest im Griff hat, hält er sich zurück.

Einzig seine großen Hände pressen mich bestimmend auf seinen harten Schwanz, während er mir mit einem eindringlichen Blick direkt ins Herz sieht.

Was er wohl darin erkennt?

Sein leises Knurren vibriert regelrecht durch meinen Unterleib. Sein Blick hält den meinen gefangen, während er mit seinem Handrücken über meine linke Gesichtshälfte fährt. Eine leichte Melancholie verschleiert seine wunderschönen gewitterblauen Augen. Knisternd beginnt die Luft um uns herum zu surren – irgendetwas liegt in der Luft ...

Cameron

Verflucht noch mal ...

Was zur Hölle mache ich hier?

Eigentlich hatte ich diese Nacht perfekt durchgeplant.

Im ‚Black Palace' ist alles für sie hergerichtet. Und dennoch schaffe ich es nicht, mich an meinen ursprünglichen Plan zu halten.

Es braucht nur einen Blick von Lilly und alle meine Regeln und Pläne lösen sich in Luft auf – zerfallen zu Asche.

In der Nähe dieser Frau verliere ich jedes Mal aufs Neue meine Beherrschung.

Sie ist meine Chaostheorie, meine Sonne und mein Stern.

Ich weiß nicht recht, wann es mir wirklich bewusst geworden ist.

Aber im Grunde genommen hat mich die Gewissheit, dass sie die Frau meines Lebens ist, in unserer ersten gemeinsamen Nacht überkommen.

Wie jeder normale, freiheitsliebende Mann habe ich mich gegen die Gewissheit, dass ich diese Frau heiraten muss, vehement gewehrt.

Doch ich bin nicht dumm, ich weiß, wann ich den Hauptgewinn vor mir habe.

Lilly ist mehr, als ich es mir jemals erhofft habe, sie ist mehr, als ich verdiene, und ich will und werde sie auf jede menschenmögliche Art und Weise an mich binden!

Holy Fuck!

Wer hätte gedacht, dass ich mich jemals so sehr in eine Frau verlieben könnte?

Bis mir mein Kätzchen über den Weg gelaufen ist, war ich der festen Überzeugung, dass es nichts Besseres auf der Welt gibt als die Freiheit, tun und lassen zu können, was immer ich will.

Doch das sehe ich jetzt anders. Der Mittelpunkt meiner Welt hat sich verschoben. Die Anziehungskraft der Erde wirkt nicht mehr auf mich – das Einzige, das mich wie magisch anzieht, ist die Frau, die jetzt auf meinem Schoß sitzt.

Doch es ist nicht nur ihr Körper, dem ich verfallen bin – es ist das Gesamtpaket!

Trotz der Tatsache, dass es so nicht geplant war, spüre ich instinktiv, dass jetzt der richtige Augenblick gekommen ist. Scheiß auf die Rosen, die Kerzen und die Romantik. Dieser ganze Mist ist nicht wichtig. Alles, was zählt, ist die Gewissheit, dass ich sie besitzen muss – für immer.

Die sechs Wörter, die mir schon seit Wochen durch den Kopf spuken, brennen mir beinahe ein Loch in die Zunge – sie wollen endlich ausgesprochen werden.

Doch was, wenn sie nicht Ja sagt?

Wenn sie nicht meine Frau werden will?

Ein kleiner Teil in mir, mein dunkles Ich, ist bereit, sie für immer gefangen zu nehmen.

Doch das ist im Grunde genommen nicht das, was ich will!

Ich will, dass sie mir gehören will, ich muss wissen, dass sie bereit ist, für immer an meiner Seite, in meinem Bett und in meinem Leben zu bleiben.

Ich will, dass sie mich will – fuck, was für ein schreckliches Chaos!

Zur Hölle mit allen Zweifeln! Trotz der Frage, die ich ihr gleich stellen werde, hat meine Süße im Grunde gar keine andere Wahl, als Ja zu sagen, denn etwas anderes werde ich ihr nicht erlauben ...

Wer hätte gedacht, dass ich jemals das urtümliche Bedürfnis, eine Frau für immer an mich zu binden und beschützen zu wollen, verspüren werde!

Das Leben ist wie ein Pokerspiel. Man kann nie wissen, welche Karten einem das Schicksal zuspielt. Ich hatte das Glück, das Herz-Ass zu bekommen, und ich werde den Teufel tun und es jemals wieder aus der Hand legen!

Mein Wildkätzchen gehört zu mir – für immer!

Und auch wenn sie der Meinung ist, dass sie in dieser Sache ein Mitspracherecht hat, weiß ich, dass es anders ist.
In dieser Sache ist meine Entscheidung schon gefallen – diese Frau wird für immer mir gehören!

Lilly

Instinktiv spüre ich, dass heute etwas anders ist.
Es ist nicht nur die Art, wie er mich ansieht, so als würde er mich gleich mit Haut und Haaren auffressen, es ist seine Körperhaltung, die Art, wie mich seine Finger halten, ist noch einen Hauch besitzergreifender als sonst.
Und das will etwas heißen. Cameron ist ein Mann, der mir nicht den geringsten Zweifel lässt, wenn es darum geht, wie dringend er mich besitzen will.
Am Anfang hat mich seine Besitzgier etwas verängstigt – doch jetzt habe ich mich daran gewöhnt, mehr als das, jetzt will ich ihm gehören!
Gespannt warte ich auf das, was jetzt kommen wird.
Unfähig, mich von ihm fernzuhalten, lehne ich mich zu ihm vor, umfasse mit meinen Händen seinen Kopf und küsse ihn mit all meiner Liebe.
Zärtlich zeichne ich mit meiner Zungenspitze die Konturen seiner Lippen nach, verliere mich in unserem Kuss und seufze leise, als er wie gewohnt die Führung übernimmt.
Ich liebe dich ... ich liebe dich ... ich liebe dich ... ich liebe dich ...
Mein Herz verliert sich immer mehr in diesem Kuss, meine Sinne spielen verrückt und meine Atmung stockt.
In meinem ganzen Leben wollte ich noch nie etwas so sehr wie diesen Mann!

Cameron

Süchtig nach ihrem Geschmack umschmeichle ich ihre Zunge, winde meine Finger in ihr Haar, ziehe ihren Kopf in den Nacken.
Dass ich sie gleich ficken werde, steht außer Frage. Doch zuerst muss ich etwas erledigen. Bevor ich sie bis an ihre Grenzen bringen werde, muss ich wissen, dass sie mich heiraten wird. Ich muss sie mit diesem Versprechen an mich binden, bevor ich mir ihren Körper nehme und sie unterwerfe.

Knurrend sammle ich all meine Selbstbeherrschung, beende den Kuss und beobachte meine Süße dabei, wie sie kraftlos nach Luft schnappt.
„Sieh mich an, Baby!"
Sich langsam über die geschwollenen Lippen leckend hebt sie ihren Kopf, erwidert meinen Blick und reibt sich an meinem harten Glied.
Mein Kätzchen ist wirklich unersättlich ...
Jetzt ist der Augenblick gekommen!
Tief einatmend versuche ich mich etwas zu entspannen, doch es will mir einfach nicht gelingen. Als Geschäftsmann bin ich es gewöhnt, Verträge abzuschließen, in denen es um Millionen von Dollar geht. Und dennoch ist mir bewusst, dass ich jetzt vor dem Abschluss meines Lebens stehe.
Scheiß auf all die Immobilien und all das Geld – alles, was zählt, ist ein einziges kleines Wort aus den Lippen meiner Frau!
Und ich kann nur hoffen, dass ich es gleich hören werde – wenn nicht, weiß ich nicht, wie ich reagieren werde ...
„Seit ich dich das erste Mal gesehen habe, wollte ich dich. Doch ich habe mich zurückgehalten, habe versucht dir etwas Freiraum zu lassen. Aber das kann ich nicht mehr. Ich kann meine Gefühle für dich nicht länger kontrollieren, ich kann meine Sehnsucht nicht unterdrücken und meine inneren Dämonen nicht noch länger vertrösten."
Ich mache eine kurze Pause, hole tief Luft und spreche es aus.
„Alles, was ich jemals besitzen wollte, warst du, Lilly! Doch nachdem ich dich endlich hatte, habe ich erst gemerkt, dass ich nicht nur deinen Körper für mich beanspruche, sondern auch dein Herz und deine Seele! Ich kann mir ein Leben ohne dich nicht mehr vorstellen, Baby! Ich brauche dich dringender als den nächsten Atemzug. Sei der Atem meines Lebens, Lilly, sei meine Welt und heirate mich! Werde meine Frau, rette meine Seele und schenke mir dein Herz!"

Ich zähle meinen rasenden Herzschlag, während ich auf ihre Antwort warte.
Doch anstatt dass sie etwas sagt, sehe ich nur, wie sich Tränen in ihren Augenwinkeln sammeln ... fuck ...
Ist das ein Nein? Ein Ja? Ein ‚ich weiß es nicht'?
Die Sekunden vergehen, mein rasendes Herz wird immer langsamer, verliert jegliche Hoffnung und droht für immer stillzustehen.
Doch ich unterdrücke meinen Impuls, sie so lange zu schütteln und zu ficken, bis sie endlich ‚Ja' zu mir sagt. Angespannt versuche ich meinen viel zu festen Griff um ihre Taille zu lockern – das Letzte, was ich will, ist, ihr in diesem Augenblick Schmerzen zuzufügen.

Ein leises, trockenes Schluchzen löst sich aus ihrer Kehle und ich sehe rot.

Kann es sein, dass ich mich getäuscht und ihre Signale falsch gedeutet habe?

Wird sie mich abweisen?

Muss es wirklich zum Äußersten kommen?

Wenn es sein muss, bin ich mehr als bereit, sie für immer gefangen zu halten.

In dieser Hinsicht bin ich nicht besser als Lucifer!

Um Lilly behalten zu können, würde ich sogar einen Pakt mit dem Teufel höchstpersönlich eingehen ...

Gerade als ich denke, dass ich es vor Anspannung keinen Atemzug länger aushalte, beobachte ich die Frau meines Lebens dabei, wie sie erst schluckt, sich über die trockenen Lippen leckt und leise schnieft.

Wie paralysiert beobachte ich, wie sich ihre Lippen bewegen.

Ihr leises „Ja" rauscht durch meinen Gehörgang direkt in meinen harten Schwanz!

Sie hat Ja gesagt ...

Ich war so angespannt, dass ich nicht einmal bemerkt habe, dass ich den Atem angehalten habe. Erleichtert sauge ich frische Luft in meine Lungen, ziehe sie noch fester an mich und genieße das Wissen, dass sie mich will.

Jetzt! Jetzt endlich gehört sie mir!

Scheiß auf die Verlobungszeit. Ich kann es kaum erwarten, sie endlich an den Traualtar zu schleppen!

Knurrend packe ich mir ihren Kopf, erobere ihren Mund, ihre Seele und ihr Herz. Ich will sie lecken – ficken – besitzen und unterwerfen.

Und das Beste daran ist – ich habe mein ganzes Leben Zeit, mein Wildkätzchen zu genießen und zu besitzen.

Buchempfehlung

Kennt Ihr die weiteren Rocker Romane von Bärbel Muschiol?

1. Rocker Dämon – Ace und Amy
2. Rocker Devil – Slide und Ellen
3. Rocker Bastard – Razzor und Nicki
4. Rocker Heart – Spider und Abigail
5. Rocker Ghost – Ghost und Angel

Ihr könnt die Rocker Romane als Taschenbücher und eBooks lesen!

„Rocker Dämon – Ace und Amy"

Klappentext:
Es ist ein Deal, um ihren Vater zu retten. Amy liefert sich Ace, dem dämonischen Präsidenten der Dead Riders aus. Doch schon bald genießt sie diese neue und gefährliche Welt des gefürchteten Rockerclubs. Das vollkommene Ausgeliefertsein, Aces Gier und der harte, bedingungslose Sex führen sie in immer neue Höhen. Aber die Schatten der Vergangenheit drohen das neue Glück zu zerstören. Gewalt bricht über die Familie der Riders herein und führt in ein tödliches Blutbad. Prickelnde Erotik, gnadenlose Härte und Dominanz und wahre Freundschaft zeichnen diese spannende Geschichte aus, die mehr als eine Lovestory ist: furchteinflößend, dabei sexy, verdammt heiß und voller Gefühl!

Taschenbuch ISBN: 978-3-95573-549-4
eBook ISBN: 978-3-95573-550-0

Klarant Verlag

Lernen Sie die Titel des Klarant Verlages kennen und besuchen Sie uns im Internet unter:

www.klarant.de

Sie können dort Näheres über unsere Autoren erfahren, viele weitere interessante Bücher und eBooks finden und Leseproben herunterladen.

Mit dem kostenlosen Newsletter unter

www.liebe-lesen.de

erhalten Sie aktuelle Informationen rund um das Verlagsprogramm, wie beispielsweise spannende Neuerscheinungen und Gewinnspiele.